JN119925

京都祇園もも吉庵のあまから帖6

志賀内泰弘

PHP
文芸文庫

○本表紙デザイン＋ロゴ＝川上成夫

もくじ

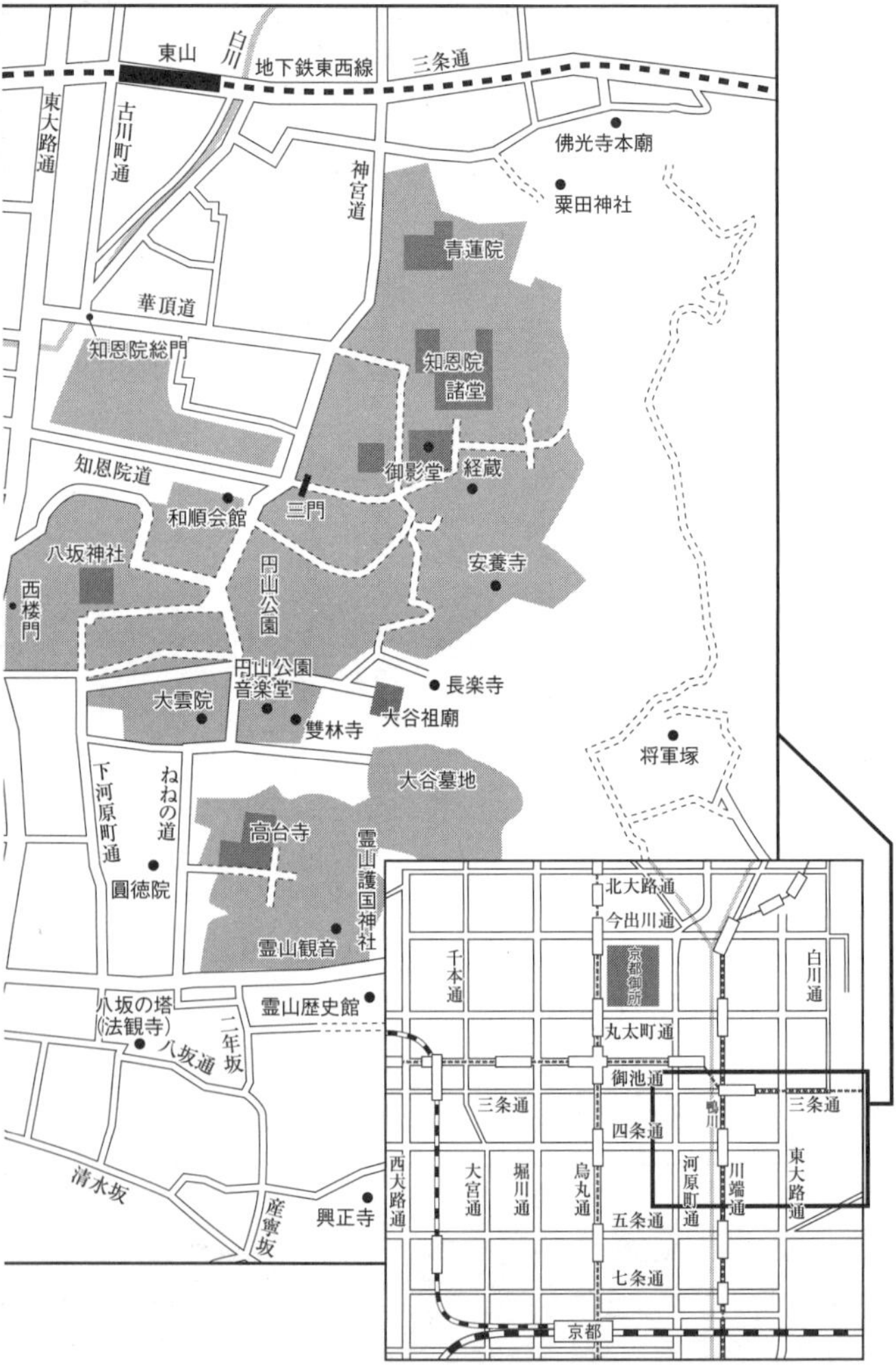

東山
白川
地下鉄東西線
三条通
東大路通
古川町通
佛光寺本廟
神宮道
粟田神社
青蓮院
華頂道
知恩院総門
知恩院
諸堂
知恩院道
御影堂
経蔵
和順会館
三門
八坂神社
円山公園
安養寺
西楼門
円山公園
音楽堂
長楽寺
大雲院
雙林寺
大谷祖廟
将軍塚
下河原町通
ねねの道
大谷墓地
高台寺
霊山護国神社
圓徳院
霊山観音
八坂の塔
(法観寺)
霊山歴史館
二年坂
八坂通
清水坂
産寧坂
興正寺
北大路通
今出川通
京都御所
千本通
白川通
丸太町通
御池通
三条通
鴨川
四条通
西大路通
大宮通
堀川通
烏丸通
河原町通
川端通
東大路通
五条通
七条通
京都

祇園町付近図

檀王法林寺
三条通
地下鉄東西線
三条京阪
河原町三条
三条大橋
瑞泉寺
京阪三条
若松通
六角通
先斗町通
古門前通
花見小路通
誓願寺
裏寺町通
河原町通
高瀬川
大和大路通
新門前通
木屋町通
鴨川
川端通
辰巳大明神
新橋通
白川
寺町通
新京極通
四条河原町
祇園会館
京都河原町
四条通
四条大橋
南座
仲源寺
一力亭
京都高島屋
祇園四条
花見小路通
有楽稲荷
祇園女子技芸学校
団栗橋
正伝永源院
京阪本線
仏光寺通
新道通
建仁寺
祇園甲部歌舞練場
大和大路通
河原町高辻
安井金比羅宮
宮川町通
恵美須神社
禅居庵
八坂通
松原橋
寺町通
河原町通
六道珍皇寺
松原通
東大路通
六波羅蜜寺
清水五条
もも吉庵界隈

登場人物紹介

もも吉《きち》
祇園の〝一見《いちげん》さんお断り〟の甘味処「もも吉庵《あん》」女将《おかみ》。元芸妓《げいこ》で、お茶屋を営んでいた。

美都子《みつこ》
もも吉の娘。元芸妓で京都の個人タクシーの美人ドライバー。ときおり「もも也《や》」の名で芸妓も務める。

隠源《いんげん》
建仁寺《けんにんじ》塔頭《たっちゅう》の一つ満福院《まんぷくいん》住職。「もも吉庵」の常連。

奈々江《ななえ》
「もも奈《な》」の名で舞妓《まいこ》になったばかり。言葉が出ない症状に悩む。

朱音《あかね》
老舗《しにせ》和菓子店、風神堂の社長秘書。ちょっぴり〝のろま〟だけど心根の素直な女性。

京極丹衛門《きょうごくたんえもん》
老舗和菓子店、風神堂の十八代目当主。朱音の理解者の一人。

吉田令奈《よしだれいな》
吉田甘夏堂《あまなつどう》の高校生の娘。

おジャコちゃん
もも吉が面倒を見ているネコ。メスのアメリカンショートヘアーで、かなりのグルメ。

第一話　少年の痛みを癒し山燃ゆる

「厚うに切ってぇな。ちゃうちゃう〜、もっと厚うにや！」

「これくらいかいな」

「もっとや、もっと」

「これくらい？」

もも吉《きち》は、羊羹《ようかん》にスーッと包丁をおろした。カウンターに置かれた檜《ひのき》製の小さなまな板の上で、羊羹がひと切れ、頼りなさげにペタンッと倒れた。

「そないな殺生《せっしょう》なぁ、ペラペラやないか。羊羹の向こう側が透けて見えそうや」

今にも泣き出しそうな、情けない隠源《いんげん》の声が店内に響く。

「あんたこの前の検査で血糖値が高かったさかいに、甘いもんは控えるて言《ゆ》うてたばかりやないか」

「それは明日からにする。今日まではええんや」

いつものことながらも、美都子《みつこ》はそんな二人のやり取りにあきれて、プッと吹き出してしまった。

京は小春日和《こはるびより》。

市内のあちらこちらで、樹々の葉が色づき始めている。

永観堂《えいかんどう》、東福寺《とうふくじ》、清水寺《きよみずでら》……と、紅葉《もみじ》の名所はどこも見物客であふれかえっていた。

花見小路《はなみこうじ》も観光客でいっぱいだ。その雑踏から逃れるようにして、細い小路を右へ左へと曲がる。するとそこは、お茶屋が軒を連ねる異次元の世界。まるで映画のセットのようだ。ふいに幕末の志士や新選組の隊士が、刀を手に飛び出して来ても不思議ではなく思えてしまう。

その一画に甘味処「もも吉庵《あん》」はある。

表に看板はない。いわゆる「一見《いちげん》さんお断り」だ。

美都子の母親のもも吉は、十五で舞妓《まいこ》に、二十歳で芸妓《げいこ》になった。その後、お茶屋の女将《おかみ》を継いだ。しかし、十年余り前のことだった。芸妓としてNo.1の人気を誇って、お座敷からお座敷へと飛び回っていた美都子は、ある日、もも吉から言われた。

「ちょっと人気があるからって、鼻が高《たこ》うなってるんやないの」

「なんやて、お母さん。鼻が高いのは遺伝や」

「そうやない、うちは舞の心構えのこと言うてるんや」

そんなやりとりは、日常茶飯事だった。だが、たまたまその時、よほど互いに虫の居所が悪かったのだろう。

「うち、もう芸妓辞《や》めるわ」

「そうか、辞めたらええがな」

美都子は、ポンポンッとタンカを切った手前、抜いた刀を鞘《さや》に納めることができなくなってしまった。勢い、芸妓を廃業してタクシードライバーに転身した。もも吉も、まるで美都子への「当て付け」のように、お茶屋を廃して甘味処に衣替えしてしまったのだ。とはいっても血の繋《つな》がった母娘《おやこ》だ。一時の諍《いさか》いによる心の傷のかさぶたに触れないようにして、同じ屋根の下に仲睦《むつ》まじく暮らしている。

つい最近、目を掛けている奈々江《ななえ》が舞妓になる際、その「姉」として面倒を見るために美都子は芸妓に復帰した。そのため、昼は個人タクシーのドライバー、夜はお座敷と二足の草鞋《わらじ》を履《は》き、大忙しだ。

もも吉庵は、L字型のカウンターに背もたれのない丸椅子《いす》が六つ。角の席には、おジャコちゃんが丸まっている。アメリカンショートヘアーの女の子だ。いつものように奥の席には、建仁寺《けんにんじ》塔頭《たっちゅう》の一つ満福院《まんぷくいん》住職の隠源と、その息子で副住職の隠善《いんぜん》が陣取っていた。

もも吉は、カウンターの向こう側の畳に、背筋をシャンと伸ばして座っている。大島に、帯は白地に可愛らしい糸鞠《いとまり》の柄。それに真っ赤な帯締めが映《は》えている。細面《ほそおもて》に黒髪の富士額《ふじびたい》が若々しい。歳こそ七十を超えているが、還暦《かんれき》そこそこにしか見えない。

そんないつもの顔ぶれに加えて、今日は若いカップルが並んで座っている。吉田令奈《よしだれいな》と、その彼氏の本間巌夫《ほんまいわお》。二人とも高校三年生だ。

もも吉庵では「あんこ」は炊かない。名物の麩《ふ》もちぜんざいの「あんこ」は、「京菓子司《きょうがしつかさ》　吉田甘夏堂《よしだあまなつどう》」から仕入れている。令奈は、その甘夏堂の娘であり、幼い頃からもも吉を慕っている。

なんでも、令奈と巌夫が付き合い始めるきっかけは、もも吉がキューピッドになったという。二人はそれを恩に感じているらしく、なにかしら手土産《てみやげ》を持って、事あるごとにもも吉を訪ねて来る。その手土産を見るなり、隠源が声を上げた。

「おお！　駿河屋《するがや》はんの煉《ねり》羊羹やないか!!」

「はい、うちの父が大好物やさかい、伏見《ふしみ》の友達んちに行ったついでに買《こ》うて来たんです。それでこちらにも一棹《さお》」

と、巌夫が答える。

総本家《そうほんけ》駿河屋は、創業五百六十年余りの老舗《しにせ》和菓子店だ。なんと言っても、有名なのは煉羊羹。その昔は、羊羹といえば蒸し羊羹だったものを、初めて炊き上げ製法で拵《こしら》え、現在の羊羹の元を作ったことで知られている。

巌夫の父親は宮大工《みやだいく》だ。大工というとお酒を好むというイメージがあるが、案外と甘党が多いのだ。仕事が重労働のため、身体《からだ》が糖分を欲するからである。

「ええなぁ、ええなぁ～早《は》よ食べよ。ばあさん、熱うて苦《にが》～いお茶淹《い》れてぇな」

「誰がばあさんやて、じいさん」

もも吉はそう切り返し、隠源を睨《にら》みながらも奥の間からまな板と包丁を持って来た。隠善が眉をひそめて言う。

「おやじ、それは巌夫君が『もも吉お母さんに』て言《ゆ》うて買《こ》うて来てくれたもんやないか。それをなんや！」

「その通りやけど、まあ、みんなで一緒にいただきまひょ」

そう言い、もも吉が包丁を手にした。

ところが……。甘いもんに目がない隠源が、「厚うに切ってぇな」と甘え声でわがままを言い出したというわけである。

もも吉は、薄～く切った羊羹を小皿に乗せて、おジャコちゃんに差し出した。

「あんたもお相伴《しょうばん》させてもらいなはれ」

と言うと、ご機嫌そうに鳴いた。

「ミャ～ウ」

おジャコちゃんはグルメで、高級な羊羹には目がない。

「なんやなんや、それはおジャコちゃんの分かいな、最初からそう言いなはれ。わてにイケズして薄う切ったんやと思うたわ」

もも吉は手早く均等に切り分けて、それぞれの皿に一切れずつ乗せた。隠源が早速に黒文字《くろもじ》を手に取って一口食べると、今にも頬《ほお》が落ちそうな表情で言う。

「ええなぁ、シャリシャリや〜」

羊羹の表面に結晶となっている白い砂糖の、歯ざわりのことを言っているのだ。

隠善がこれに答えるようにして、

「うん、シャリシャリや」

と相槌《あいづち》を打つと、もも吉も、

「ほんまシャリシャリで美味《おい》しいなぁ」

と微笑《ほほえ》んだ。美都子もその歯ざわりを味わいつつ、舌鼓《したつづみ》を打った。


もも吉が時計を見て言う。

「美都子、そろそろ出掛けた方がええんと違うか?」

隠源も令奈と巌夫に、

「道が混むとあかんからなぁ。『あんこクラブ』いうたか、令奈ちゃんのお友達の子。精一杯、良うしてあげなはれや」

ークルのことである。

と促《うなが》した。隠源の言う「あんこクラブ」とは、令奈が代表を務めるSNS上のサークルのことである。

令奈は幼い頃から、京都中の和菓子を食べ歩いてきた。今でもお小遣いのほとんどが、饅頭《まんじゆう》や干菓子《ひがし》、甘納豆を買うのに消えていくらしい。そんな中、一番に愛情を抱いているのが「あんこ」である。製法により、「つぶあん」「こしあん」「つぶしあん」「小倉《おぐら》あん」に分類される。原材料もさまざまで、「小豆《あずき》あん」「赤あん」「白あん」「ずんだ」「芋あん」など多岐《たき》にわたる。それだけではない。「つぶあん」一つとってみても、和菓子屋によってあまりにもはっきりと味が異なる。それが面白《おもしろ》くて仕方がないという。

そのうち令奈は、京都の老舗和菓子店の代表的な菓子に使われている「あんこ」の味を、ブログで紹介するようになった。甘み、舌触り、香り、口中での溶け具合、それに加えて煎茶《せんちゃ》、ほうじ茶、玉露《ぎょくろ》、はたまたコーヒーや紅茶など飲み物との相性《あいしょう》も、いろいろと試しては自分の意見を書き綴《つづ》った。

すると、何人かの「あんこ」好きな人たちが感想を寄せてくれた。

そんな中、仲良くなったのが、佐賀《さが》県の私立高校一年の津田綾香《つだあやか》である。あるとき、「うちも昔から和菓子屋さんやっています」というメッセージが届いた。

九州にはシュガーロードなる道がある。江戸時代、出島《でじま》を通して南蛮《なんばん》の菓子が日本に入ってきた。それまでの和菓子とは違い、砂糖をふんだんに使ったもので、当時の日本人にとってはあまりにも美味しくて革命的だった。長崎から小倉《こくら》を結ぶ長崎街道の各所では、砂糖を取り入れた和菓子が次々に生まれた。それがシュガーロードと呼ばれる由縁《ゆえん》だ。

その中でももっとも有名な菓子の一つが、佐賀県は小城《おぎ》の地で作られる小城羊羹だ。そして、綾香の家の津田総本舗《そうほんぽ》でも、小城羊羹を作っている。

この夏のことだ。

綾香から令奈に相談があったという。

かねてより綾香は、「伝統文化研究会」なる部活に所属している。十一月の三連休に京都で、歴史や文化にまつわる研究をしている全国の高校生の発表会がありエントリーしていた。せっかくなので、研究会では京都市内のフィールドワークもすることになった。

研究発表会は、中日《なかび》の土曜日に一日かけて開催される。日曜日は昼過ぎまで班ごとに分かれて社寺を巡る予定だ。そして到着した初日の金曜日の午後は、部員個人の研究テーマに沿って、各自の自由行動になっている。その自由行動の日に「もしできたら、付き合ってほしい」と、綾香から頼まれたのだ。

なにしろ半日しかない。ガイドブックやスマホのアプリを活用しても、土地勘がない中では何か所も巡るのは至難の業《わざ》だろう。たとえ地元の地理に詳しい令奈が同行したところで、移動に電車やバスを利用していては限界がある。

そんな話をチラリと耳にした美都子が、

「うちが車出して案内してあげまひょか」

と、声を掛けると令奈は、

「おおきに、美都子お姉さん。そやけど、タクシーを貸し切りやなんて、お小遣いいくらあっても足りひんわ」

と首を振った。もも吉がそれを聞いて言う。

「京都の歴史や文化、勉強しに来はる子らからお金は取れへんわなぁ、美都子」

「もちろんや。その日は仕事お休みにするさかい、どこでも案内しまひょ。あっ！そうや、令奈ちゃん。もしよかったら巌夫君も一緒にどうやろう？　受験勉強が忙しゅうて、なかなかデートも行かれへんやろ」

「わあ～嬉しい。巌夫クン誘ってみますね」

ということで、これから美都子は令奈と巌夫と共に、京都駅八条口近くのホテルに津田綾香を迎えに行くのだ。もも吉が店を出る三人の背中に声をかけた。

「はようおかえり」

新幹線が新大阪駅のホームに滑り込んだ。
ずっと誰ともしゃべることもなく、車窓を眺めたり腕組みをして眼をつむってい
た稲本空太《いなもとそらた》が、急に立ち上がった。とはいっても、右足をケガしているので「立
つ」ことだけでも一苦労に違いない。
両腕を座席のひじ掛けに乗せ、精一杯力を込めて身体を起こしたのである。
「稲本〜どうした？」
通路をはさんだ窓側の席に座っていた部活顧問の山口先生が、空太に気付いて声
をかけた。山口先生は、綾香と空太のクラス担任でもある。
「ちょっとトイレへ」
そう言い、空太は荷物棚の松葉杖《まつばづえ》を取ろうとして、片足で背伸びをした。
「あ、そうか悪い悪い小便か」
空太は、佐賀駅を出発して博多《はかた》駅で新幹線に乗り換え、今の今まで一度もトイレ
に行っていない。飲み物を一度も口にせず、トイレが近くならないように、気を付
けていたに違いない。
（わたしにはわかる、空太クンのこと、よくわかるのよ。みんなに悟られないよう
に、チラリチラリと様子を窺《うかが》っていたんだから）

でも、綾香は「トイレ行かなくても大丈夫?」と声をかける勇気がなかった。

再び、新幹線が動き出すと、車内がゆらりと揺れた。空太はバランスを崩して通路のほうへ大きく身体が傾いた。

「危ない!」

綾香は思わず声を上げてしまった。その声に反応して、みんなが空太の方を向いた。倒れそうになったところを、間一髪で山口先生が抱き留めた。

「松葉杖はいいから俺の肩に掴《つか》まれ」

空太はそのまま先生の肩に掴まり、不自由な右足を浮かせて、左足をゆっくりと通路へ進めた。その左足の方のケガも、まだ完治していないらしく、床に付けた瞬間、顔を歪《ゆが》める。

その時、空太と先生は、デッキから戻ってきた母娘と鉢合わせした。女の子は幼稚園の年長くらいだろうか。その子が、空太の顔を見上げて指を差した。

「お兄ちゃん、その傷どうしたの?」

母親の表情が凍り付いた。

その場のみんなも、おしゃべりを止めてシーンとなった。

女の子を、非難するわけにもいかない。なんとかしなければ……と綾香はパニックになりそうだった。ところが……。

空太は片目をつむり舌をペロリと出した。いわゆる「ヘン顔」をして、

「べろべろべ〜」

と言いおどけて見せた。すると、女の子は無邪気《むじゃき》に笑い、車内の空気は一変した。

空太の機転で場の空気は元通りになった。でも、空太の心中を慮《おもんぱか》ると、綾香は胸が張り裂けそうになった。

目的地の京都まで、あと十分ほどで到着する。

「空太は碌《ろく》な奴《やつ》じゃないぜ」

「なんか怖い人たちと付き合ってるらしい」

などと、陰で噂《うわさ》されていた。空太とは関わらないこと。それはまるで高校のクラスや部活のみんなが、打ち合わせをしたかのような暗黙のルールになっていた。

今日から三日間、高校の部活の「伝統文化研究会」の仲間たち十五人と、京都で過ごすことになっている。空太は、ちょっと前まで大ケガで入院していた。退院しても松葉杖の生活なので、旅行には不参加のつもりでいた。

それが急に参加することになったので、山口先生はみんなに、

「スムーズに移動できるように、稲本のこと助けてやってくれよな」

と頼んだ。しかし、先生もなんとなくわかっているに違いない。先生という立場

で、上、それを認めてしまうわけにはいかないのだ。部活のみんなも、きっと、心の中

(いやなこった)

(手伝うもんか)

などと思っているはずだ。もちろん、誰も口には出さないけれど……。

綾香は、空太がバランスを崩したとき、できることなら、飛んで行って助けてあげたかった。しかし、とても肩を貸してあげるなどという勇気を出すことはできなかった。

しばらくして、山口先生と空太が戻ってきた。

「お～い、そろそろ降りる準備をしろよ。誰か稲本の荷物持ってやってくれ」

とみんなに言うが、誰も返事をしない。「仕方ないなぁ」という顔つきをして、部長の古賀《こが》を指名した。

「おい、古賀、頼む」

「はい、先生」

古賀先輩は、荷物棚から空太の荷物と松葉杖を降ろしてくれた。そして、自分のバッグは右肩へ、空太のバッグを左肩へ掛けようとしたので、空太は自分のバッグに手を伸ばし、奪い取るようにして摑んだ。空太はぶっきら棒に言った。

「持てるから大丈夫です」

それは意地を張っているように見えた。古賀先輩は、

「あ、そう」

とだけ答えてデッキへと向かった。空太はバッグを身体に斜め掛けにして、松葉杖をついて通路に立った。綾香は何もできない、いや、何もしようとしない自分を責めた。

胸の奥の大切な何かが、よじれて引き千切られそうだった。


「あっ、令奈さん、こんにちは！」

ホテルのロビーに着くと、綾香が跳ねるようにして手を振っているのが見えた。

「おこしやす、綾香ちゃん。新幹線乗りっぱなしで疲れたんやない？」

「いいえ」

「そんならええけど、眼ぇが少し赤いから」

「平気よ。こちらが彼氏さんね。本間、本間……ええっと」

「巌夫、本間巌夫す。今日はよろしゅう」

令奈は、綾香に直接会うのは初めてだった。でも、スマホのビデオ通話アプリを

使っていつも話をしているので、ずっと前からの友達のように思える。令奈よりも二つ年下なため、ネットでは妹みたいな気分で「綾香ちゃん」と呼んでいる。

「こちらが美都子お姉さん。今日はうちらのために、プライベートでタクシーに乗せてくれはるんや」

今日の美都子は、制服ではない。スキニージーンズに薄い紫のタートルネックのセーターで、その上からラフな感じのベージュのジャケットを羽織っている。

「こんにちは綾香さん。ようこそ京都へおこしやす。車の運転手させていただく美都子いいます。どこへでもご案内させてもらうさかい遠慮のう言《ゆ》うてくださいね」

「美都子さん、よろしくお願いします」

綾香は背を正して、丁寧《ていねい》にお辞儀をした。

「美都子お姉さんはな、タクシードライバーいうんは世を忍ぶ仮の姿なんや。実はな……」

令奈がそこまで言いかけると、美都子がさえぎるようにして言う。

「令奈ちゃん、あんまり時間がないんやろ。その話はあとでええから」

「そうやった、そうやった。まずは出発や」

綾香が、「なんのことだろう」と、不思議そうな顔をして首を傾《かし》げた。

令奈は、事前に綾香がどこへ行きたいかスマホのビデオ通話で相談していた。最初は、老舗の和菓子屋巡りをして、たくさん甘いもんを買い込む計画を立てていた。しかし、今はネットで全国のお菓子を取り寄せできる。そこで、令奈は綾香に提案した。

「綾香ちゃん、いつも和菓子職人になりたいて言《ゆ》うてるやん。そないしたら、ぜひお参りしといた方がええ神社があるんや」

「どこどこ？」

「当日のお楽しみということにしとかへん？」

「それもワクワクしていいかも」

美都子の運転するタクシーは京都大学の横を通り過ぎ、山の麓《ふもと》にそびえる鳥居《とりい》の脇を通り抜けた。「吉田神社《よしだじんじゃ》」と刻まれた大きな石柱《せきちゅう》に目が留まった。

綾香が、京都を訪ねるのは二度目だった。中学一年の夏休みに、家族旅行で両親に連れてきてもらったことがあった。金閣寺《きんかくじ》と二条城《にじょうじょう》、それに平安神宮《へいあんじんぐう》へお参りしたのを覚えている。吉田神社は、名前も聞いたことがない。綾香は令奈に尋ねた。

「ぜひお参りした方がいい所って、吉田神社のこと？」

「この目の前の吉田山はな、昔から『神楽岡《かぐらおか》』て呼ばれてたそうや。神々が集《つど》う岡やね。平安京に遷都《せんと》されたあとにな、藤原氏が氏神として奈良の春日大社《かすがたいしゃ》から勧請《かんじょう》して建てたお社《やしろ》が吉田神社なんよ」

「へえーずいぶん古いのね」

「この吉田山には吉田神社の摂社末社《せつしゃまつしゃ》がたくさん点在していて、今から行くのはそのお社の一つなんよ」

車が駐車場に停まった。

「はい、到着いたしました！」

美都子が車の両側のスライドドアを開けた。

「僕も行き先は知らへんかったけど、まさか吉田山とはな～」

そう言い、巌夫が一番に車から飛び出した。美都子が巌夫に尋《たず》ねる。

「まさかて、どないなこと？」

「もう夏に引退してしもうたけど、ラグビー部のランニングコースやったんや。毎日のように走ったなぁ。そやけど、走るんに夢中で一度も吉田神社にお参りしたことあらへんかった。ましてや摂社末社の神様の前も素通りや。ちゃんとお参りしてたら、試合にももっと勝てたかもしれへん。大反省や」

「巌夫クン、今日は走って先に行かんといてな。みんなと一緒やで」

と令奈が言うと、巌夫は、

「う、うん。正直、ここへ来ると走りとうなるけどな」

と言い、腕まくりをしたかと思うと、令奈の周りをグルグルと走り始めた。

「ややわ、恥ずかしい」

と、令奈が巌夫の腕を取って止めさせた。そして、身体をぴったりと寄せる。綾香は、ちょっぴり妬《や》けた。

「いいなあ、令奈さんと巌夫さん、仲が良くて」

巌夫も照れるわけでもなく、令奈に為《な》されるがままにしている。それはいかにも自然で、さわやかに見えた。

「そうやろ、うちらは赤い糸で結ばれてるんや」

「え？　……赤い糸⁉」

正直、綾香は戸惑った。「赤い糸」といえば、運命で結ばれた男女の仲のことだ。でも、それは昔の人の言うことで、年上とはいえまさか同じ高校生の令奈の口から聞こうとは思わなかったからだ。

そんな綾香の心を察してか、令奈が説明するように言う。

「あのな、綾香ちゃん。うちも教えてもろうたことなんやけどな。『縁《えん》』いうんは、神様が全部決めはったもんみたいに聞こえるんやけどな、空から降ってきたり、自然に湧くもんとは違うらしいんや」

「え、違うの？」

「そうや違うんや。縁言《ゆ》うんはな、自分で紡《つむ》ぐもんなんやて」

「自分で紡ぐ？」

「そうや、『赤い糸』に限ったことやない。生きているうちに、人は大勢の人とご縁がある。ええご縁も悪いご縁もぎょうさんなぁ。そん中で、ええご縁に気付けるかどうか。気付いたら、そのご縁を丁寧に紡げたなら、人生が変わるんやて」

綾香は、令奈が急に真面目な話を始めるので驚いてしまった。と同時に、それは、まるで今の自分に突き付けられた言葉のように思えた。

「うちと巌夫クンも、ただ自然に任せてたら、きっと付き合うこともなかった思う。お互いに強〜く引き寄せ合って、縁を大切にしたさかいに今があるて思うんや」

綾香は、「縁」などというものをそんなふうに考えたことはなかった。だから、

「うん」

と答えるのが精一杯だった。令奈が、

「さあ行こか！　ちびっとだけ上るさかい付いて来てな」

と声を上げた。みんなを先導して階段を上がって行く。

なだらかな坂道をしばらく行くと、脇へ進む階段が現れた。

「ここよ」

その登り口に立つ「由緒《ゆいしょ》書き」を見上げて綾香が尋ねた。

「菓《か》、祖《そ》……神社？　ここのこと？」

「そう、ここ、菓祖神社さん。読んで字の如《ごと》し。大昔に、日本にお菓子をもたらした神様をお祀《まつ》りしてあるんや」

「え～お菓子の神様なの！　そんな神社があるなんて、ステキ!!」

「うちら『あんこクラブ』にもぴったしやろ」

祭神は二柱。田道間守命《たぢまもりのみこと》と林浄因命《はやしじょういんのみこと》だ。

「その昔な、垂仁《すいにん》天皇が田道間守に不老不死のお菓子を探してくるように命じたそうなんや。田道間守はな、十年かけて大陸で『非時香菓《ときじくのかくのこのみ》』いうお菓子を見つけて持ち帰ったんやて。そやけど、既《すで》に帝《みかど》は亡くなってはったいう悲しい話なんや」

綾香は、ここまで話を聞いて思い出した。

「なんか『竹取物語』とそっくり。あれはたしか、かぐや姫が求婚してきた皇子たちに、蓬萊《ほうらい》の玉の枝とか宝物を探してくるように言う話でしたよね。不老不死の薬も出てくるし」

「綾香ちゃん、古典もなかなか勉強してはるなぁ」

と、令奈が腕組みをして感心した。

「それからな、林浄因いうんは、室町《むろまち》時代に中国から来日して、日本で初めてあんこの入ったお饅頭を作った人やそうや。なぁ、うちらみたいに和菓子屋に生まれた子にとって、えろう霊験《れいげん》あらたかな神社やろ」

「はい！」

綾香は、階段を上がるなり、石造りの玉垣《たまがき》を一つずつ順に眺めた。そこには京都の菓子製造業を営む会社の名前が刻まれていた。

「わあ〜有名なお店ばっかりやね。出町《でまち》ふたば、井筒《いづつ》八ッ橋《はし》本舗《ほんぽ》、かわみち屋、二《に》條《じょう》若狭《わかさ》屋《や》、鶴屋《つるや》弦月《げんげつ》、中村《なかむら》製《せい》餡所《あんしょ》、千本《せんぼん》玉壽軒《たまじゅけん》……聞いたことあるお店ばっかり。あ！　俵屋《たわらや》吉富《よしとみ》さんの名前もある。ここの『雲龍《うんりゅう》』はお婆ちゃんが京都へ旅行に行った時にお土産にもらって食べたことあります。美味しかったなあ！」

それもそのはず。菓祖神社は、京都の菓子業界の人たちが集まって鎮祭《ちんさい》した神社なのだ。だから玉垣も和菓子屋さんが寄進《きしん》している。

「令奈さん、ありがとう。わたし、和菓子作りが上手くなれるようにお願いするわ」

すると巌夫がポツリと言った。

「僕は、美味しい和菓子をぎょうさん食べられますように、て祈ろうかな」

「うちもや!!」

と、美都子が言うと令奈と綾香も声を合わせるようにして、

「うちも」

「わたしも」

と言い合い、みんなで笑った。

令奈は、綾香が予想以上に喜んでくれたことにホッとした。

「令奈さん、お菓子の神社があるなんてびっくりしました。さすが京都ね！」

「そうでしょ。京都はいろんな願いごとをかなえてくれる神様仏様がいてはるんよ。松尾《まつのお》大社はお酒の神様で、お酒の醸造会社の人たちから信仰を集めてるし、安井金比羅宮《やすいこんぴらぐう》さんは悪縁を切って良縁を結ぶ神様ということで、初詣《はつもうで》でもないのに年中行列がでけるほどの人気なのよ」

「お参りするのに行列？」

綾香はちょっと信じがたいという顔をして驚いている。でも、本当のことで、境《けい》内《だい》はいつも若い人たちであふれかえっている。美都子が、時計を気にしながら言った。

「そろそろ次へ行きまひょか？」

「そうやった、時間が限られてるからね。綾香ちゃんは和菓子屋さんがやってはるカフェに行きたいて言《ゆ》うてたよね。それなら……」

令奈がここまで言いかけたところで、綾香がポツリと言った。

「あの～」

「なんやの綾香ちゃん」

どうも言いにくそうにしている。

「京都のことなら何でも訊《き》いてよね。うちがわからへんでも、今日は京都案内のプロの美都子お姉さんがついてるさかい百人力やから」

「こんな神社かお寺はありますか？　濡《ぬ》れ衣《ぎぬ》着せられたのを晴らしてくれる神社かお寺は……」

「……え？」

令奈は、「何でも訊いて」と言ったものの、戸惑ってしまった。気のせいか、綾香の顔色が曇って見える。令奈は、

「それって、冤罪《えんざい》ってことなん？」

と聞き直した。

「冤罪？　……はい、ちょっと怖そうな言葉だけど、そういうことです」

どう返事していいのか戸惑っていると、美都子が令奈に代わって答えてくれた。

「あるわよ、綾香ちゃん」

「え？　あるんですか！」

「たぶん名前は知ってはる思う。北野天満宮《きたのてんまんぐう》さんや」

「北野天満宮って、学問の神様の菅原道真《すがわらのみちざね》公を祀っている神社でしょ」

「そうや。そやけど、冤罪を晴らしてくださるというご利益《りやく》もあるんや」

「そうなんですか？」

「知ってると思うけど、道真公はライバルに陥《おとしい》れられて、九州の太宰府《だざいふ》に左遷《させん》されてしまわれたお人や。失意の中で道真公が亡くなられたあと、都には落雷などの数々の天災が相次いだのね。それが道真公の祟《たた》りやいうて恐れられて、左遷を解かれた上に最終的には正一位《しょういちい》の官位を授けられたの。つまり、一度は被《かぶ》せられた罪を解かれたというわけね。そんなことから、冤罪を晴らしたい人が、いつしか天満宮さんに……」

綾香が、美都子の話を聞き終える前に、声高《こわだか》に発した。

「北野天満宮さんに連れて行ってください！」

巌夫と美都子も驚いているのがわかった。少し間《ま》を置いて、巌夫が話しかけた。

「綾香ちゃん、天満宮さんにお参りするんは、たしかに効き目がある思う。そやけどなぁ、僕はもっとご利益があるところ知ってるんや」

綾香はキョトンとしている。令奈は美都子と眼を合わせ、ニヤリとして頷いた。巌夫が続ける。

「それはなぁ、もも吉庵や」

「もも吉庵て？」

「美都子お姉さんのお母さんがやってはる甘味処や」

「……」

綾香は黙り込んでしまった。もも吉がどんな人か知らないのだから当然である。令奈が、

「綾香ちゃん、なんやよほど深い悩み事があるんやね。そやないと、濡れ衣なんて物騒《ぶっそう》な言葉出てくるわけがないもんね。もしよかったら、もも吉お母さんに、話聞いてもらお。悩み事と言えばもも吉お母さんなのよ」

と話すが、綾香はまだ要領を得ない顔つきをしている。

「どんな悩み事かわからへんけど、きっと悪いようにはならへんと思う。実は、巌夫クンとの仲を取り持ってくれたんも、もも吉お母さんなんや。それにな、さっき言うた『赤い糸』の話な。縁は自分で紡がんとあかんて話。あれも、もも吉お母さんから教えてもろうたことの受け売りなんや」

と言うと、

「え！　そうなんですか!!」

と弾《はず》むような声を発し、綾香の顔色がパッと明るくなった。そして、

「はい、お願いします」

と頷いた。


美都子のタクシーは、鴨川《かもがわ》沿いの道を南へ向かった。美都子は駐車場に停めると、

「かんにんな、綾香ちゃん。駐車場が離れてるんや」

と言い、みんなを先導して路地へと入り込んだ。しばらくすると、広くて華やかな感じの通りに出た。観光客でいっぱいだ。

「ここが花見小路《はなみこうじ》よ。夜に来ると、舞妓さん、芸妓さんがお座敷に出掛ける姿を見られるところ」

と、令奈が説明してくれた。綾香も街並みの美しさに立ち止まって溜息《ためいき》をつく。

「こっちよ、綾香ちゃん」

令奈に呼ばれて、慌《あわ》てて追いかけた。小路をひょいと左へ曲がると、今しがたの喧騒《けんそう》とは打って変わって、人通りが少なくなる。再び、美都子は右へ曲がると、一

軒の家の前で立ち止まり、格子《こうし》の引き戸をガラリと開けた。中は打ち水された飛び石が奥へ奥へと点々と連なっていた。

綾香は緊張していた。

場違いなところへ来てしまったような気がする。

奥へと歩み、上がり框《がまち》を上がって襖《ふすま》を開けると、L字のカウンターがあった。カウンターの内側は畳敷き。そこに、姿勢の良い年配の女性が座っていた。

美都子が、

「お母さん、お連れしましたえ」

と言い、綾香の両肩に手を置いた。

「おこしやす。まあまあ、可愛《か》いらしい子やこと」

促されるままに丸椅子に腰かけた。令奈がまた説明してくれる。

「ここは元はお茶屋さんだったの。あっ、お茶屋てわかる？　お抹茶《まっちゃ》飲むところやないで、舞妓さん芸妓さん呼んでお商売の話とかするところや」

「はい、テレビで見たことがあります」

「もも吉庵の名物はな、もも吉お母さんの作らはる麩もちぜんざいや。一度食べたら忘れられへん味なんよ。うちの吉田甘夏堂のあんこ使《つこ》うて拵えてるのに、なんでかわからへんけどうちが作っても同じ味にでけへん。よほどもも吉お母さん、隠し味に何か入れてはるに違いないと思うてるんや」

「へえ～」

綾香は、何を聞いても感心するばかりだ。

「まあまあ、うちの店の話はそのくらいでよろし。さっき美都子から、あんたら来るて電話もろうたさかい、準備してたんや。綾香ちゃん言《ゆ》うたなぁ。まずは麩もちぜんざい食べて一息つきなはれ」

そう言い、もも吉は奥の間にいったん下がると、再びお盆を持って現れた。

「さあさあ、召し上がっておくれやす」

綾香は、ついさっきまで緊張してどうにも落ち着かなかったが、麩もちぜんざいを一口、二口と食べて気持ちが解《ほぐ》れてきた。そして、三口目に（これは何だろう。麩もちにしては四角いし）と思いつつ口に含み、

「あっ！　羊羹だ」

と、声を上げた。もも吉が、にっこりと微笑んだ。

「さすが羊羹屋さんのお嬢さんや。すぐにわかったみたいやなあ」

令奈も椀をのぞき込んで言う。

「そうやわかった！　今朝の総本家駿河屋さんの羊羹や。羊羹の表面のシャリシャ

リのところだけを小さく賽《さい》の目に切って、ぜんざいの中に混ぜてあるんや。それも、シャリシャリ感が損《そこ》なわれんように、火を止める直前に入れたはるんやね」

綾香は舌鼓を打ちながら、もも吉に言った。

「わたしの家の羊羹も、表面がシャリシャリなんです。でも、こんな食べ方したことないし、聞いたことありません。とっても美味しいです」

「京都は古い町やけど、新しもん好きの町でもあるんよ。お母さんはいつも工夫凝《こ》らしたぜんざい作って、みんなを喜ばせたはるんや」

美都子が、まるで自分のことを褒《ほ》められたように嬉しそうに言う。

綾香は、もも吉が自分のことを羊羹屋の娘と聞き及び、咄嗟《とっさ》にこんな変わりぜんざいを作ってもてなしてくれたことに感激した。そして、この人にならなんでも相談できそうな気がした。

みんなが麩もちぜんざいを食べ終え、木匙《きさじ》を置くと、綾香は両手を膝《ひざ》の上に置いて姿勢を正した。

「もも吉さん、わたしの話、聞いてもらえますでしょうか」

もも吉がこくりと頷く。やさしい瞳が、「どうぞ」と促していた。綾香は、心の内のモヤモヤの因《もと》を、思い切って言葉にした。

「幼馴染《おさななじ》みがいるんです」

「へえ、よろしおますなぁ。そのお人とは仲良しさんなんどすか？」

「空太……稲本空太クンと言います。でも、仲良しどころか……」

そこまで言って、綾香はせつない思いがあふれてきて胸が苦しくなった。

涙声になる。

令奈が心配して、そっとハンカチを差し出してくれた。

稲本空太が、

「チェッ！」

と舌打ちをすると、生活指導部の五十嵐《いがらし》先生が職員室全体に聞こえるような声で怒鳴った。この春、学園の系列校から転任して来たばかりの体育の先生だ。

「騒ぎば起こしてとって、なんかその態度は！」

「……」

「まず、『ご迷惑をおかけして申し訳ありませんでした』だろ。反省しとらんのか！」

空太は、しぶしぶ小さな声で、

「申し訳ありませんでした」

と言い、先生に頭を下げた。

一月《ひとつき》ほど前の日曜日、駅前のコンビニへ買い物に出掛けた時、その駐車場で、ガラの悪い三人組にからまれた。

空太は以前、柔道部に入っていたことがあるが、一年足らずで辞めてしまっていた。身長百八十三センチ、体重八十一キロと大柄で筋肉質な体型なため、格闘技かラグビーでもやっていそうに見える。だが、腕っぷしには自信はない。ましてや、相手は三人だ。

一人に後ろから羽交《はが》い絞《じ》めにされて身動きできなくなった。夢中でもがき、そばに立っていた幟旗《のぼりばた》の棒を摑んで振り回し抵抗した。そのひと振りが、リーダー格らしき男の胸に当たった。相当、効いたらしい。しかし、それがかえって相手を逆上させてしまう。

結局、棒を取り上げられ、地面に倒れたところを幾度も蹴《け》り付けられて、大ケガを負った。パトカーのサイレンが聴こえると、相手はバイクで立ち去った。空太はお巡りさんに、からまれたのだと説明したが、なかなか信じてもらえなかった。

全治一か月。ようやく退院できたものの、右膝がなかなか治らず歩くことができない。それでもようやく、今日から松葉杖を使って学校へ行けるようになったのだ。

五十嵐先生が、眼を怒らせて言う。

「今まで横着し放題だったとだろう。俺がこの高校に来たからには、覚悟しろよ。その顔の傷もケンカの勲章《くんしょう》みたいな気でいるんだろうが、粋《いき》がるなよ‼」

すぐそばで聞いていた担任の山口先生が、近づいてきて五十嵐先生の袖を引いた。

「何ですか？　山口先生」

山口先生が、五十嵐先生の耳元で小声で言うのが、ところどころ聞こえた。

「……ケンカの傷じゃないんで……小さい頃……」

それを聞くと、五十嵐先生は急に青ざめた表情になり、

「すまん。俺が悪かった。とにかく、これからは、もう問題起こすんじゃなかぞ」

とばつの悪そうな顔をして言い、そそくさと席を立った。

空太の父親は陶芸家だ。

唐津焼《からつやき》の窯元《かまもと》で、地元では名士の一人に数えられている。

唐津焼の起こりは桃山《ももやま》時代に遡《さかのぼ》る。その後、豊臣秀吉《とよとみひでよし》による文禄《ぶんろく》・慶長《けいちょう》の役の際、朝鮮半島から連れ帰った陶工の技術を取り入れたことで、生産量を著しく増やしたという。

父親は八代目窯元であり、もし空太が継げば九代目ということになる。父親だけでなく、当の本人もそれ以外の道を考えたことはない。

空太は、まともに記念写真を撮《と》ったことがない。

あるのは二枚きり。だから、自分のアルバムも持っていない。

一枚は、小学校の入学式のクラス写真だ。みんな前を向いて、いかにも緊張が伝わるような表情をしている。その中で一人、空太だけが一番後ろの端っこで、左を向いて写っている。もう一枚は、小学校の卒業式で同じポーズをしている。

なぜなら……。

左眼の辺りに、斜めに傷が走っているからだ。眉毛《まゆげ》の下から頬にかけて、太くはっきりと皮膚が盛り上がっている。空太は、初めてそれを見た者が「ギョッ」としているのが手に取るようにわかる。

中学の入学式で、担任の先生に、

「写真を撮られたくないので、クラスの写真撮影の時に、自分だけはずさせてほしい」

と頼んだ。すると先生は、

「眼帯をしたらどうだ?」と提案してくれた。

その時は『なるほど、そういう方法もあるのか』と思った。

しかし、空太は直前になって姿をくらました。何も悪いことをしたわけではない。なのになぜ、眼を覆い隠さなくてはならないのか。心の中がモヤモヤしてその場から逃げ出してしまったのだ。

それ以後、空太は、中学の卒業式も高校の入学式も記念写真には写っていない。それだけではない。家族で旅行に出掛けても、両親も祖父母も誰も写真は撮らない。キレイな景色や花を目の前にしても、誰もスマホを手にしない。「もし、空太の顔が写り込んだらいけない」と気づかってくれているからだ。空太自身も遠足や修学旅行では、写真を撮られないようにと敏感になっている。

いつ、その傷が顔についたのか、空太の記憶はおぼろげだ。母親の話では、二歳の誕生日を過ぎた頃の、窯出しの日の出来事だったという。登り窯は電気やガスとは違い薪《まき》を燃料とするため、人の手による火加減が命になる。三日三晩、徹夜で薪をくべ続ける。そのため、窯を開けてみないと、作品の出来栄《ば》えがわからない。

父親が、「さあ、窯出しだ」と期待を込めて窯の中へと入って行くと……。しばらくして、今までに聞いたことのないような叫び声が聞こえたという。父親は、焼き上がったばかりの器《うつわ》を手にし、窯から飛び出して来た。そして、それを、地面に叩《たた》きつけた。

「違う違う、違う!」

狂ったように叫んだ。母親は、そんな父親を見たのは初めてだったという。暴れるようにして叫び続ける父親に母親が、「どうしたの?」と聞いた。

「色が違うんだ! 色が!!」

という。再び、父親は窯に入り、器を外に運び出しては地面に叩きつけて割った。ここで、悲劇が起きた。割れた器の破片が、空太の顔に当たってしまったのだ。窯に火を入れている最中には、決して子どもを近づけたりはしない。だが、窯の火がすっかり落ちていることから、母親は安心して空太を連れて来ていたという。

父親は泣きわめく空太を抱き、母親の運転する車に飛び乗った。

朝早い時間のため、病院の救急外来へ飛び込む。緊急手術。幸い、眼球に損傷はなく、医師から「視力を失うことはありません」と言われた。

ほっとしたのも束の間、高熱を発した。傷口が化膿《かのう》したのだ。抗生剤を投与して、熱は下がったものの、傷口はいつまでも腫《は》れていた。そして……誰もが目をそむけたくなるような傷跡ができてしまった。

後日、器の色が狙いと大きく異なってしまったのは、父親自身が釉薬《ゆうやく》の配合を誤ったのが原因とわかった。

小学校のうちは、周りから気の毒がられた。近所のおばさんには、

「可哀《かわい》そうねぇ」

と何度も言われた。空太は、傷のことでよくいじめに遭《あ》った。両親を恨んだ。友達にいじめられる都度《つど》、家に帰ると手当たり次第にそばにある物を投げつけて、

「なんで僕だけ傷があるんだ！」

「この傷を消してくれ」

と、泣きわめいた。

忘れもしない、あれは小学五年の時のこと。

祖母が、こんな話を聞かせてくれた。

「空太が辛《つら》いのはよくわかるよ。お婆ちゃんも辛い。でもな、お父さんとお母さんも辛いんだよ。お父さんは、お母さんを一度も責めたことはない。『なんで空太を窯に連れて来たんだ！』とはね。お母さんもお父さんを責めることはしなかった。『配合を間違えたのは自分なのに、なんで八つ当たりしたのよ』とはね」

父親は思ったという。

「もし配合を間違えなければ」

母親も思ったという。

「もし空太を窯へ連れて行かなければ」

そんなふうに、お互いが相手を責めることなく、自分自身を責めた。

「誰が自分の子どもに傷を負わせてしまって平気でいられるものか。今もな、お父さんもお母さんも苦しんでいるんだよ」

空太は心に誓った。

もう二度と、傷のことは両親の前で口にしないと。


空太は、私立の中高一貫校に入学した。

難関とまではいかないが、文武両道で地域では信頼の厚い学校だ。

中学では、高校生と見紛《みまが》うほどの身体つきだったことから、先生に勧められて柔道部に入った。空太は、「礼に始まり、礼に終わる」というところに強くひかれた。

たいていの生徒が、高校三年の夏までの六年間、同じ部活に籍を置くというのが慣例になっていた。部活を通して、友達をたくさん作りたいと思った。

休みの日に繁華街《はんかがい》を歩くと、すれ違うほとんどの人は、空太を見て目をそらす。

「そんなことはとうに慣れた」と言えば嘘《うそ》になる。でも、サングラスや眼帯をして隠すつもりはなかった。ただやっかいなことがあった。町のチンピラが、同じ仲間だと勘違いをして因縁《いんねん》をつけてくるのだ。何度もからまれた。それだけでなく、甘い誘いや脅《おど》しをかけられ、悪い仲間に引きずり込まれそうになった。

「両親を悲しませないこと」

「自分が横道にそれれば、悲しむのは両親だ」

そう肝《きも》に銘《めい》じて、まっすぐまっすぐに生きようと心掛けた。

顔に傷があっても、健気《けなげ》に明るく部活に勉強にと打ち込む生徒。周りではそんな印象を持たれるようになった。


しかし、それは突然に崩れた。

中学一年の正月明けである。

空太は、理科の授業で、隣の席の友達とふざけていてビーカーを割ってしまった。机の角に落ちたビーカーは、四方八方に飛び散った。たまたま運が悪かった。向かいの席で実験をしていた女子生徒が、空太と友達の方を振り向いた。そこへ、ガラスの欠片《かけら》の一つが飛んで来て顔に当たってしまったのだ。

「あっ！」

女の子が左頬の辺りに手をやった。

「大丈夫か？」

と空太が訊くと、

「うん」

と答えた。痛そうな表情ではなく、すぐに笑顔になった。

しばらくして、頬に血がうっすらとにじんできた。

ほんの少し。

その血を見た瞬間、空太は手が震え出した。

頭がボーッとして目眩《めまい》がした。

「あ〜あ〜！」

空太は、一瞬、頭の中が真っ白になった。

眼の辺りに痛みが走り、左手で押さえた。その手のひらを見ると、血だらけになっている。

父親が叫ぶ。母親が青ざめる。そんな光景が、目の前で起きているかのように映し出された。いったいどうなったのか。

あとでわかったことだが、幼い日に陶器の破片が眼に飛んで来てケガをした時のことがフラッシュバックしたのだ。

空太は恐怖に襲われ、実験室から飛び出した。

しかし、それがいけなかった。周りから、謝りもせず「逃げた」と思われてしまったのだ。

幸いなことに、女の子の頬には傷跡は残らなかった。しかし、女の子の両親が学校へ怒鳴り込んできた。

「どう責任を取らせるんですか？」

空太を他の中学へ転校させるように要望した。学校としては、悪意でしたことではなく、たまたまやんちゃな行為が原因だと理解してくれていた。それでも、空太が謝ることなく「逃げた」と思われたことがいけなかった。

女の子の両親の憤《いきどお》りは収まらず、空太は一か月間、一人、会議室で特別授業を受けることになった。

入学時から続けてきた柔道部でも、みんなから冷たくされた。「クラスメイトにケガをさせて逃げた」という噂は、全校生徒が知ることとなっていたのだ。ついには居づらくなり道場への足も遠のいた。

空太は、自分の不注意を大いに反省していた。

とにかく、毎日を品行方正に過ごすように心掛けた。

人の噂も七十五日という。徐々に空太を見るみんなの目も和《やわ》らいできたように思えた。それで事は収まると思っていた。

中学二年になると、クラス替えがあった。教室に入ると、みんなの目が肌に刺さるのを感じた。それは、あの事件の直後と同じだった。誰彼となく、ひそひそ話があちこちから聴こえてきた。

「あいつだ、あいつ」

「ほらほら、女の子のほっぺに大ケガ負わせた男子」

空太は、なんとかしなくてはと思った。新しいクラスメイトとの関係を築くには最初が肝心だ。教室を見回すと、綾香の姿が目に留まった。綾香とは、幼い頃から仲が良かった。小学校は別々だったが、綾香の祖父母の家が空太の家と隣同士ということで、小さい頃から夏休みや春休みになると長く泊まりに来ていた。小学校の二、三年生の頃までは、一緒によく遊んだものだった。家族ぐるみで、バーベキューをしたこともある。

空太は幼い頃から身体が大きかったので、同い年にもかかわらず綾香の兄のような感覚でいた。綾香も同じ思いだったようで、みんなの前で空太を、

「お兄ちゃん」

と呼び、みんなから、

「違うよ、同級生だよ」

と言って、笑われたこともあった。

空太は、綾香が転んで泣き出しそうになると、頭をポンポンッと軽く叩《たた》いて、

「大丈夫、大丈夫。痛くない、痛くない」

と言って慰めてやった。それがよほど嬉しかったらしく、その後、何度も、

「ポンポンッして～」

とせがんできたのを覚えている。

それなのに、一年生の時には、クラスが一緒だったが、ほとんど話をしたこともなかった。ところが、改めてじっと見つめると、ハッとするほどきれいになっていて驚いた。短かった髪がロングヘアになり、雰囲気も変わっていた。細面で瞳が少しだけ茶色がかり、テレビで見た外国の映画女優のように見えた。ちょっぴり胸がドキドキした。

（よし！　ここは一つ、綾香に力になってもらおう）

そう思い、空太は昼休みに綾香の席へ歩み寄った。ポンポンッと軽く頭を叩いて、

「美味《うま》そうな弁当じゃん！」

と話しかけた。そして、いかにも親しげに、彼女の卵焼きを一つつまんで口に放り込んだ。綾香は、いかにも大袈裟《おおげさ》に、

「痛い～」

と、声を発した。そして、「何が起きたのかわからない」というような顔をして、ボーッと空太を見つめた。周りの女の子たちが騒ぎ始めた。

「あ～暴力振るった」

「綾ちゃんのお弁当のおかずを盗んだ！」

大声で叫ぶように言う。わざと騒いで、大ごとにしようとしているかのようだった。三日も経たないうちに、空太のクラスのみならず、学校中に「女の子をいじめた」という噂が広まってしまった。

誰もが「やっぱり不良だ」と口々に言った。

綾香は、令奈のハンカチで涙を拭《ぬぐ》うと、

「同じクラスの空太クンとは、幼馴染みなんです。母方の祖父母の家が、空太クンの家と隣り合わせでした。庭が地続きになっているので、しょっちゅう一緒に遊んでいました」

と、懐《なつ》かしげに話した。

「でも……小学校も三年生くらいになると、祖父母の家に泊まる回数も減って……だんだんと会う機会も少なくなってしまったんです。それで……」

と、話を続けた。もも吉は、にこやかに微笑んでいる。令奈と巌夫の視線にも温《ぬく》もりを感じた。

「その後、中学一年の時、空太クンとクラスが一緒になったんです」

空太が同じ学校を受験したことは祖母から耳にしていたが、まさか同じクラスになろうとは夢にも思わなかった。でも、以前のように親しく話すことはなかった。

（あんなに仲が良かったというのに、なぜなんだろう）

綾香は、自分でもわからなかった。たぶんお互いに、「照れ」があったのではないかと思っている。それを思春期と呼ぶのかもしれない。

それでも綾香は、運動会とか遠足とかの機会に、また以前のように親しく話す機会を作れないかと様子を窺っていた。しかし、空太との心の距離は縮められないまま、時だけが過ぎていった。

中学一年の冬休みが終わり、三学期が始まったばかりの頃のことだ。空太が理科の授業で実験中に、クラスの女の子の頬を誤って傷つけてしまう。その場を見ていないので、なぜそんなことが起きたのかはわからない。ただ、空太が、心やさしくて乱暴を働くような人間ではないことだけは知っていた。

しかし、それは大事件として、あっという間に学校中に伝わった。そして、空太はそれ以後、「不良」呼ばわりされるようになってしまった。

（違うよ、違う。空太クンは、そんなんじゃない！）

綾香は心の中でそう叫んだが、誰にも届くはずはなかった。

中学二年でも、綾香は空太と同じクラスになった。

今年こそ、話をしようと思った。幼い頃のように。

その機会は、新学期が始まって早々にやってきた。

昼休みに友達四人と机を寄せ合ってお弁当を食べていたら、購買《こうばい》で買った総菜パンを手にした空太が教室に戻ってきた。

(これはチャンスだ。思い切って、「久しぶりだね」とか、「お父さんお母さんは元気?」って聞いてみよう)

また同じクラスになったとわかった時から、空太の存在ばかりが気になっていた。だから、友達とおしゃべりをしていても、空太が教室の入口からこちらまでまっすぐに歩いてくることにも気付いていた。

空太は綾香のそばを通る時に、綾香の頭をポンポンッと軽く叩いた。それは、ずっと幼い頃、そうしてくれていたように。懐かしくて涙が出そうになった。

(あっ、覚えていてくれたんだ。それをわたしが好きなこと)

それから空太は綾香のお弁当の、卵焼きを一つつまんで、口に放り込んだ。綾香は、ちょっと大袈裟に、

「痛い～」

と両手で頭を抑えて泣くフリをし、空太を見上げた。その後、「うそだよ！」とおどけるつもりだった。ところが……その前に周りの友達が大騒ぎしだした。

「稲本君が暴力振るった！」

「お弁当のおかずを盗んだ！」

綾香が何も言わないうちに、大ごとに発展していく。「中一の時、クラスの子にケガさせたんだよね」「そうそう、また何かしたの？」と学校中の噂になってしまった。いつしか空太は、手の付けられない「不良」と決めつけられた。

綾香は、「そうじゃないの！　空太クンは昔みたいにやさしくしてくれただけなのよ」と言えなかったことを後悔した。

それは、時が経つほどに心に重くのしかかった。

そして、今年の春。

高校一年生になった綾香は、一年ぶりに再び、空太と同じクラスになった。その上、空太は綾香のいる「伝統文化研究会」に、入部してきた。空太は、例の事件のことがあり、部員とうまくいかなくなったらしく、中一の冬に柔道部を退部したと噂に聞いていた。綾香の学校では、全員がクラブ活動に入ることが原則となっている。きっと、父親の陶芸の仕事を継ぐと決めていることから、「伝統文化研究会」を選んだに違いない。

空太は、クラスでも部活でも孤立していた。誰一人友達がいないようだ。中学の時に貼られた「不良」というレッテルは、中高一貫校のため残酷にも生徒の中に浸透し続けていた。

綾香は、原因の一端は自分にあるので、罪の意識に押し潰されそうだった。


黙って聞いてくれていたもも吉が、言う。

「それはお互いに嫌な思いされましたなぁ」

同情してくれているのか、少し眼が赤らんでいる。令奈が綾香の肩に手を置いた。

「それが綾香ちゃんが晴らしてあげたいっていう冤罪なのね」

返事に戸惑っていると、もも吉が口を開いた。

「なんや、まだ話の続きがあるんやないの？」

「え⁉　……そ、そうなんです」

どうやらもも吉は、お見通しのようだ。綾香は、自分の愚かさを告白することになるが、一人で苦しむのはもう限界にきていた。

「聞いていただけますか？」

もも吉は、黙って頷いた。


つい先日、ホームルームの時間に、社会見学に行きたい場所を班ごとで意見を出し合い相談していた時のことだ。担任の山口先生が七海《ななみ》を手招きした。七海とは家も近くて、中学の時からの大の仲良しだ。

七海が教壇の前まで行くと、先生は七海に顔を近づけて言った。

「おい、お前だけだぞ、入金がないの」

「あ……はい」

「補講受けられなくなるぞ」

先生の声が、教壇に一番近いところに座っている綾香には、微《かす》かに聞こえてきた。ついつい、聞き耳を立てた。先生は自分ではひそひそ声のつもりなのだろうが、元々、地声が大きいので聞こえてしまうのだ。

それは、冬休みに予定されている進学組の補講授業の費用のことだった。

綾香は息ができなくなるほど胸が苦しくなった。というのは、七海がお金を振り込めないのは、自分のせいだからだ。

七海も、声を潜《ひそ》めて答えた。

「先生、申し訳ありません。母に伝えます。きっと、そそっかしいから忘れてるんだと思います」

「そうか〜きっとお忙しいんだろう」

実は綾香は、七海がもう一月《ひとつき》も前に母親から補講授業の受講料を預かっていたことを聞いていた。両親とも会社員で、帰りが夜遅くなることが多い。そのため、七海が学校の帰り道にATMで振込手続きをすることになっていたのだ。

ところが……。

綾香がファンクラブに入っているバンドが、大晦日《おおみそか》のカウントダウンフェスに出演することが急に決まった。人気のフェスで急がないとチケットが売り切れてしまう。でも、この前のライブでお小遣いを使い切ってしまい、月末までどうすることもできない。そこで、七海に「ほんのちょっとの間だけお金を貸して」と頼み込んだ。七海は、二つ返事で「もちろん」と言い、貸してくれた。

気軽に考えていたけれど、あとで知ってびっくりしてしまった。

七海もお小遣いの蓄《たくわ》えがなく、補講授業の受講料から一部抜いて綾香に貸してくれたというのだ。綾香は次のお小遣いがもらえたら、すぐに返すつもりだった。しかし綾香は、この前のテストの成績があまりにも悪かったので、母親からお小遣いを一月止められてしまい、返せなくなってしまったのだ。

「なんや綾香ちゃん、そないなことで悩んでたの？　いくらなん？　うちが貸してあげてもええよ」

と令奈が言う。

「ううん、それはもういいの。その後、お婆ちゃんからこっそりお小遣いもらったから……だけど、だけど……それがたいへんなことになってしまって」

「どういうこと？」

「それが……先生が……振り込むのを忘れないようにと、七海のお母さんに直接、電話するって言い出したんです」

「それはピンチや」

もも吉は眉を寄せた。

「それで……それで……七海は咄嗟《とっさ》に……『実は、お金失《な》くしてしまったんです』って、言ってしまったんです」

「え!?　どないなこと？」

と、令奈が綾香の腕を取り尋ねた。

あとで七海から聞いた話だが、「綾香にお金を貸したので足りない」などど、親友を裏切るようなことは絶対言えないと思ったという。そのため答えに窮してしまい、咄嗟に「お金を失くしてしまった」と出まかせを言ってしまったらしい。

当然のこと、

「失くしたってどういうことだ」

と先生に問われた。一度ついた嘘は、次の嘘へと繋がった。

「今朝、家を出た時にカバンに入れました。帰りにATMに寄るつもりで」

「落としたのか？」

「さあ」

「さあ、ってどういうことだ。カバンの中はよく見たのか？」

七海が、綾香の方をチラッと見た。綾香は、もう本当のことを言うしかないと覚悟して、立ち上がろうとした。それを見て取り、七海は綾香の方を向いて、首を小刻みに数回横に振った。再び、前を向くと先生に言った。

その時、綾香のすぐ隣の席の大村君が、後ろを振り返って大きな声で言った。

「七海のやつ、お金失くしたんだって！」

綾香と同じように、大村君も聞き耳を立てていたのだ。

教室のみんなが、一斉に教壇の方を向いた。

「なになに？」

「どういうこと？」

「七海どうしたの？」

あちこちから次々と声が上がる。

「盗まれたの？」

「きっとそうだ！」

「泥棒だ、泥棒」

「犯人は教室にいる」

「誰だ、誰だ」

そう言い合ううちに、先生も収拾がつかぬほどみんなが騒ぎだした。

「静かに！」

先生の大きな声が教室に響き渡った。それでもざわつきは止まらない。

「そう言えば稲本、今日の二時間目の体育の授業の時、足が痛くてしんどいからって、教室で一人自習してたよな」

誰かがそう言うと、みんなの視線が一斉に空太に向けられた。

最初は無表情の空太も、だんだんと顔が赤らんでくるのがわかった。歯を食いしばり、口がへの字になっている。綾香は、「勇気を出さなきゃ、今なら間に合う」と思った。そう思いはするものの、身体が動かない。自分の身体なのに、椅子に縛り付けられているようで自由にならないのだ。

次の瞬間、空太が机に両手をついて「ううっ」と顔をしかめて立ち上がった。足をケガしており、たったそれだけの動作が辛そうに見えた。

左手を机に置いて身体を支え、右手で机の脇に置いてある自分の学生カバンを持ち上げた。それを高く掲げると……、バラバラッと中身をその場にぶちまけた。

「俺じゃない、俺じゃない……」

床に、教科書が散らばった。次に学生服の上着を脱ぎ捨て、下着だけになった。身体が不安定でふらついた。それでも、ジッパーを下げてズボンを脱ごうとした。

キャーッ！

女の子たちの悲鳴が上がった。

慌てて先生が駆け寄った。

「わ、わかったから、もういい」


綾香は、カウンターに突っ伏して泣きじゃくった。

「わたしのせい、わたしのせいなんです……」

令奈が綾香の肩を抱きしめてくれた。

「辛かったね、綾香ちゃん」

綾香は、令奈の胸で泣いた。みんなの前なので泣いてはいけない、と思うが涙が次から次へと出てきてしまう。

もも吉が、目の前に湯飲みを置いた。

「お茶飲《ぶ》んで落ち着きなはれ」

ほうじ茶だった。香ばしい香りがした。

一口飲み干すと心まで温まり、少し気が落ちついた。

もも吉は一つ溜息をついたかと思うと、裾《すそ》の乱れを整えて座り直した。背筋がスーッと伸びた。帯から扇を抜き、小膝をポンッと打った。ほんの小さな動作だったが、それはまるで歌舞伎役者が見得《みえ》を切るように見えた。

「綾香ちゃん、あんた間違《まちご》うてます」

「え？」

「いろいろ考え過ぎて悩むからあきまへんのや。なんも難しいことはあらしまへん。まっすぐに前を向いて生きたらええんどす」

綾香は顔を上げて、もも吉を見た。

「え？　……まっすぐ？」

「そうや、まっすぐや。自分の気持ちに正直になるだけのことや。間違ってることは間違ってる。正しいことは正しいと誰の目も気にせずに言うことや」

「でも……わたしのせいで空太クンを傷つけてしまったんです」

「ええか、人言《ゆ》うんはなぁ、生きているかぎり知らず知らずに人を傷つけてしまうもんなんや。そういう時は、まっすぐに誠意を尽くしたらええんや」

「まっすぐ……」

「そうや、まっすぐ生きなはれ」

綾香は、なにかしら心の中にキラリと明るい光が射した気がした。


空太は困り果てていた。清水寺《きよみずでら》の舞台の脇で、車椅子を方向転換しようとしてギュッと腕に力を入れた。その瞬間、ピシッと嫌な音がした。

「うっ！」

声を上げるほどの痛みが左上腕に走った。どうやら、腱《けん》を痛めたらしい。困ったことに、車椅子に乗ったまま動けなくなってしまった。

空太は、「伝統文化研究会」の発表会で京都に来ていた。今日はその三日目。三班に分かれ、空太の班六名は清水寺と南禅寺《なんぜんじ》を参拝してから帰途《きと》に就くことになっていた。幼馴染みの綾香も同じ班だ。

本当は京都へなど来たくはなかった。足のケガを理由に、不参加のつもりだった。ところが、父親が昔から親しくしている清水焼の窯元の主人に連絡をつけ、「息子が見学に行くので頼む」と段取りをしてしまったのだ。おかげで、初日はいい勉強になった。でも、部員から受ける疎外感《そがいかん》には胃が痛くなってしまった。

「やっぱり来んだったらよかった」

清水寺の駐車場に着くと、観光タクシーを降りた。昇降が頻繁《ひんぱん》ということで、タクシー会社の車椅子を借りた。部長の古賀先輩が、車椅子を押して清水坂を上がってくれた。それは、好意からではなく、部長としての責務であることがよく伝わってきた。なぜなら、最低限の会話しかしようとしないからだ。

空太は、古賀先輩にこれ以上、負担をかけたくなかった。清水寺はバリアフリーの設備が整っている。段差のところはどこもスロープが設置されており、スムーズに移動することができた。「清水の舞台から飛び降りる」ということわざで有名な舞台のある本堂の入口まで来ると、空太は古賀先輩に言った。

「帰りは下りだから一人で行けます。もう大丈夫です」

「……え？　そうかぁ」

「はい。ありがとうございました」

「じゃあ、駐車場で集合だ。気をつけてな」

古賀先輩の口調から「ほっとした」という雰囲気が伝わってきた。

そして、みんなと一緒に先に行った。

空太は、一人でゆっくりと車椅子を動かし、舞台へとたどりついた。

舞台から下を見下ろすと、音羽《おとわ》の滝が見える。三本の筧《かけい》から流れ落ちる水の御利益を求めて、大勢の人たちが並んでいた。

紅葉は色づき始めたばかりとはいえ、美しくて溜息が出るほどだ。

空太は思わず声が出た。

「きれいだな」

なんだか心が洗われるような気がした。時を忘れて眺めていてハッとした。みんなは先に行ってしまっている。車椅子なので急がなくては……。

ところが、方向転換をしようとして腕を痛め、動けなくなってしまった。

空太は、遥か京都市内の街並みを望みつつ、溜息をついた。班のみんなは、とうに先へと行ってしまったに違いない。

(どうしようか。お寺の人に頼んで、助けてもらおうか。それとも、親切そうな観光客に声をかけようか)

そう思った時、人垣をかきわけて、制服の女の子がこちらへ走って来るのが見えた。

綾香だった。

みんなと一緒に駐車場へと向かったはずなのに……。

綾香は空太の後ろに回ると、無言で車椅子を押した。

車椅子が弱々しく動いた。

「お、おいっ。なんね、お前」

綾香は答えない。

なぜ助けてくれるんだろう。自分を助けたら、今度は綾香がイジメられるかもしれないと心配になった。だんだんと車椅子の車輪は勢いを増していく。その先に、階段が見えた。その長く急な階段を降りたところは音羽の滝だ。

ふと、空太は恐怖感に襲われた。

ひょっとしたら……。綾香に恨まれているのかもしれない。中学の時、頭をポンッと叩いて、お弁当の卵焼きを一つ食べてしまったことで、大騒ぎになったことがあった。それ以来、綾香とは一度も口を利いていない。綾香は、恨みを晴らす機会を窺っていたのかもしれない。

車椅子は、一直線に階段へと走る。

（まさか、本当に突き落とされる？）

空太は、「違うんだ！」と言いたかった。あれは、綾香に対する、好意の表現だったのだと伝えたかった。

空太は綾香のことがずっと気になっていた。いや好きだった。

でも、もう遅い。復讐《ふくしゅう》されるに違いない。車椅子はますます勢いを増し、階段が目の前に迫った。

（ああ～落とされる！）

空太は叫んだ。

「止めてくれー！」

眼をつむった瞬間、車椅子は階段の僅《わず》か手前でピタリと止まった。綾香は車椅子を押す手を離すとストッパーを掛け、空太の横に屈《かが》み込んだ。

「えへっ、びっくりした？」

「え⁉」

「わたしが肩を貸してあげたら、階段を降りられると思ったと。でも、この階段は急で長過ぎるたい。車椅子は折り畳み式だから、あとでわたしがもう一度上がってきて降ろせばよかかなって。やっぱり遠回りになるけど、スロープの道ば行く方がよかみたいね」

そう言うと綾香は、空太と同じ眼の高さでまじまじと見つめてきた。

「な、なんね」

「あのね、空太クンに謝らなきゃいけないことがあると」

綾香が続けて言う。

「空太クンがコンビニの駐車場で不良にからまれてケンカになった時ね、わたしちょっと離れたところから見とったとよ。その前に空太クン、白杖《はくじょう》を手にした目の不自由な女の人が、歩道の点字ブロックの上にはみ出して停めてあったバイクにぶつかって転んだのを見て、助けに駆け寄ったでしょ。空太クン、女の人ば心配そうにして見送ったあと、バイクの位置を換えようとして……それでコンビニから出てきた人たちに『なんばバイク触っとっとか』ってからまれて……ケンカになって……。わたし、見てたとよ。なのに、なのに……あの時、『空太クンは悪くない』って言えなかった。ごめんなさい」

空太は綾香の話に驚いたものの、少し平静を取り戻して答えた。

「どうせ信じてくれんけん、誰にも言ってないと。気にせんでよか」

空太はなんだか恥ずかしくて、照れ隠しにそう言うしかなかった。

「それだけじゃないの。七海のお金のことも空太クンが犯人扱いされて……。あれはわたしが七海からお金借りたせいで、足りなくなってしまったからとよ。わたしが悪いと。そのせいで空太クンが……ごめんね、ごめんね……」

「ようわからんけど、もうよかよ。悪いとはどうせ全部、俺のせいだから」

「そんなふうにいじけないで！　わたしが辛くなるわ。それにね、もう一つあるとよ。言わないといけないことが……」

「なんだ、まだあるとかよ。面倒か奴だなぁ」

「うん。もしもね……」

「なんね」

「もし、空太クンがね……」

「……」

「わたしのことば好きでいてくれたらよかなあーって」

空太は自分でもみるみる顔が赤くなるのがわかった。空太が、

「ふーけもんが」

と言って綾香を見ると、彼女の顔も真っ赤になっていた。「ふーけ」とは、佐賀の言葉で「バカ」のことだ。綾香が、まるで紐《ひも》を引っ張るような仕草《しぐさ》をして言った。

「赤い糸、しっかり引き寄せたわよ」

「赤い糸って何のことだ?」

「いいと、わからんでも、うふふ」

綾香が、スマホを取り出して言った。

「笑って！」

「え？」

「記念写真ば撮ろ」

綾香が、空太にぴったりと顔を寄せてきた。

空太は、一瞬、躊躇《ためら》いはしたものの、綾香にされるままに頬を並べた。

そして、スマホのレンズを見つめた。

生まれて初めて左を向かず、まっすぐに見つめた。

二人は、東山《ひがしやま》の紅葉に包まれて微笑んだ。

第二話　嘘つけば　幸せ来《きた》る祇園町

「ミャ〜ウ、ミャ〜ウ」

うちの名前は、おジャコどす。

アメリカンショートヘアーの女の子よ。

もうずいぶん前のこと、もも吉《きち》お母さんの鏡台の前に初めて座った時、自分の顔を見てびっくりしてしもうた。銀色の地に薄い黒のマーブル模様。鼻は小さくて薄いピンク、瞳はまるでアーモンドのようにくりんとして、なんて気品にあふれているの！　みんながうちのこと、

「可愛《かわ》いらしなぁ」

て言《ゆ》うのがようわかりました。

あっ！　お客さんや。

カンカンって、飛び石の上を歩く下駄の音がここまで響いてきます。

もも吉庵《あん》の襖《ふすま》が開くなり、

「ああ忙し忙し。疲れたさかい、麩《ふ》もちぜんざい食べさせてぇなー」

と大声で呼ぶのは、建仁寺《けんにんじ》塔頭《たっちゅう》の一つ、満福院《まんぷくいん》の住職、隠源《いんげん》和尚《おしょう》や。

「なんやの、じいさんが忙しいわけない。遊び疲れたんやろ？」

という声がしたかと思うと、もも吉お母さんが奥の間から出て来はった。

「それが忙しゅうてかなわんのや」

「嘘《うそ》ついたら閻魔様《えんまさま》に舌抜かれますえ」

そこへ、美都子《みつこ》さんが助け船出さはった。

「お母さん、隠源和尚さんの言うてることほんまらしいんよ。隠善《いんぜん》さんが珍しく風邪ひいて寝てるさかい、お寺はてんてこまいなんやて」

美都子さんは、昼間はタクシードライバー、夜は芸妓《げいこ》としてお座敷に上がってはる素敵な女性や。隠善さんは隠源和尚の息子で、副住職を務めてはります。隠源和尚は隠善さんが長い修行から戻ってからというもの、寺の仕事のほとんどを隠善さんに任せきり。そいで、先斗町《ぽんとちょう》とかいうところで夜な夜な遊び呆《ほう》けているそうや。そやから、もも吉お母さんに信用がないんどすなぁ。

「ずいぶん高い熱出して唸《うな》ってはるらしいんや。ちゃんと食事でけてるやろか。うち、お粥《かい》さんでも炊《た》いて持っていってあげようかな」

美都子さんが心配そうにして言わはると、隠源和尚が大袈裟《おおげさ》に首を横に振る。

「あかん、あかん。そないなことしたら、もっと熱が出てしまうわ。修行の雲水《うんすい》もおるし、檀家《だんか》さんにも手伝《てつど》うてもろてるさかいに大丈夫や」

隠善さんが美都子さんに「ほの字」であることは、ここらではみんなが知る話や。どうも、一方通行らしいけどなぁ。そやさかいに、熱で気弱になってる時に美

都子さんにやさしゅうされたら、のぼせてさらに熱が高《たこ》うなるに違いあらへん。もも吉お母さんが気の毒そうな顔をして、

「なんやほんまのことかいな。あんたいつも嘘ばっかりついとるさかい信用がないんや。急いで麩もちぜんざい拵《こしら》えてあげるさかい、ササッと食べて早《は》よ戻りなはれ」

と、一転同情しはります。

猫と人間には大きな違いがある思うてます。人間は、すぐに嘘をつかはります。そやけど、猫は決して嘘をついたりはしまへん。

そうそう、人間はどうして嘘をつくんやろう。不思議でたまらんわあー。

「ミャウ、ミャウ」

「おっ、おジャコちゃんが寝言言うてるえ。仕事もせんと食べて寝ての繰り返しでええなぁ。苦労なしの毎日で幸せなやっちゃ」

隠源和尚が、いかにも羨《うらや》ましそうに言わはる。でも、うちは眠ってるわけやない。眠ぇつむって椅子《いす》の上で丸まってただけや。ちゃ～んとみんなの話聞いてるえ。

なんでうちが、苦労がないてわかるん？

居眠りしてると、なんで幸せやて思うん？

それは大間違いやで。えらいお坊さんかもしれへんけど、隠源和尚に文句言いました。

「ミァ〜ウ〜！（違うで〜）」

もも吉庵のみんなにも、うちは声を大にして言いたいんどす。

ええどすか！　うちかて悩みはあるんよ。平坦な人（猫）生ばかり歩んできたわけやないんや。

もしよかったら、うちの生い立ちにかかわる物語、聞いておくれやす。へえ、すこうし前のお話どす。

正月三が日は、ぽかぽか陽気。

八坂神社《やさかじんじゃ》は初詣客《はつもうできゃく》で、なかなか前に進めないほどの賑《にぎ》わいだった。

その後も、「春が来たか」と思わせるような穏やかな日が続いたが、松が取れた昨日の夜から一変。京の町はすっぽり寒波に包まれている。

亀岡陽介《かめおかようすけ》は悴《かじか》む手を両脇にはさみ、祇園甲部《ぎおんこうぶ》の小路を右へ左へと曲がった。

屋根瓦に囲まれた細長く狭い空を見上げる。

そこには、怪しい雲が垂れ込めていた。

雪催《ゆきもよ》いだ。

陽介は、屋形《やかた》「浜《はま》ふく」の女将《おかみ》・琴子《ことこ》の勧めで「もも吉庵」へやって来た。このところ何日もまともに眠れていない。頭の中は、妻の祐子のことでいっぱいだ。

「相談いうと堅苦しいことになる。そやさかい、話聞いてもらうだけでもええ。そう思うて訪ねてみなはれ」

と、琴子が背中を押してくれた。辛くて辛くてたまらない。すがるような思いで、京町家《まちや》の格子戸《こうしど》を開けた。

表に看板はない。

いわゆる「一見《いちげん》さんお断り」だ。

連なる飛び石を奥へと進む。

甘味処「もも吉庵」の唯一のメニューは麩もちぜんざいだ。

琴子から聞いた話では、もも吉は、祇園生まれの祇園育ち。十五で舞妓《まいこ》に、二十歳で芸妓になった。その後、母親の急死によりお茶屋を継いで女将になったという。しかし、何やら訳があり、今は衣替えして、甘味処を営んでいる。歳は六十代半ばらしいが、十《とお》は若く見える。

そんなもも吉に、しばしば悩める者が相談に訪れる。その助言はやさしいばかりではない。時には耳に痛い苦言もある。だが、打ちひしがれた人々は、その言葉の一つひとつを「金言・至言」と受け止め、明日への希望を見出《みいだ》すという。

店はL字のカウンターに丸椅子が六つのみ。その内側は畳敷きだ。正座して出迎えたとき、お客様と同じ高さの目線になるように設計したという。そこに座るもも吉の姿は、ハッとするほど美しい。銀ねずみ色の着物には雲取《くもと》りの柄。帯はつづれ織で白の帯締めをしている。陽介が、

「あのう〜琴子お母さんの紹介で……」

と言いかけると、もも吉は、

「へえ、聞いてますえ、亀岡はんやね。まあまあ、そこにお座りやす」

と、目の前の丸椅子に促《うなが》された。

「実は……」

「そう急《せ》かんと、話はあとや。まずは麩もちぜんざいでも食べなはれ」

そう言い、奥の間に入ったもも吉は、しばらくしてお盆を手に戻ってきた。清水焼《きよみずやき》の茶碗《ちゃわん》が、目の前に置かれた。

「どうぞ召し上がっておくれやす」

「頂戴します」

陽介は、戸惑いつつも促されるまま茶碗のふたを取る。

ふわぁ〜と湯気《ゆげ》が立つ。微《かす》かに上品で爽《さわ》やかな香りが鼻孔《びこう》をくすぐる。

「あっ、柚子《ゆず》や」

陽介は、沈んでいる心が、不思議とほんの少しだけ弾《はず》むような気がした。

「いつもうちで使《つこ》うてるあんこに、甘春堂《かんしゅんどう》さんの柚子のあんジャムを合わせてみたんや。ちびっとなぁ」

甘春堂は慶応《けいおう》元年創業の老舗《しにせ》京菓子店だ。伝統菓子の他、古くから創作菓子を得意としている。

木匙《きさじ》ですくって一口含む。あんこがとろりと舌の上で溶けていく。すると、再び、柚子の香りが口中に広がった。空になるまで匙が止まらない。

「とても美味《おい》しいです。麩もちもやわらこうて」

「それはようおした」

もも吉は、にっこりと微笑《ほほえ》んだ。

陽介は、ぜんざいを食べ終えると、木匙を置き背筋を正した。

そして、胸の内にあるものをすべて吐き出すかのように話を始めた。


陽介は建築設計士だ。

兄の俊介《しゅんすけ》が所長を務める建築設計事務所に勤めている。社員五名ほどと小規模だが、京町家などの伝統的な建物の設計を得意とし、巷《ちまた》で評判を得ている。

若い頃にはいくつかの恋愛をした。

だが、それらは実ることなく終わった。

仕事が面白かったこともあり、独身のまま、いつしか歳を重ねてしまった。

四十五歳になったばかりの頃のこと。祇園甲部の屋形《やかた》「浜ふく」から、建物の老朽化による大幅な改修工事の依頼を受けた。屋形とは、舞妓らが住み込みで働く「置屋《おきや》」のことである。ここも、もも吉庵と同じく京町家で、専門的な知識を持ち合わせた建築士でないと請け負うことは難しい。しかし、花街《かがい》での仕事は初めてだった。

何度目かの打ち合わせの際、「浜ふく」の女将の琴子に、陽介が何気なく口にした。

「舞妓さん、芸妓さんをお茶屋に招いてのお座敷は、さぞや華やかなもんでしょうねぇ」

それまで何度か機会はあった。施主《せしゅ》から、仕事の御礼にと花街のお座敷に招かれたことがある。しかし、自分のような一介の設計士が敷居を跨《また》ぐには、分不相応《ぶんふそうおう》だと思い辞退したと、琴子に話した。

「それはあきまへんえ、センセ。お座敷遊びは文化どす。歌舞音曲《かぶおんぎょく》、着物、お料理に床《とこ》の間《ま》の軸やお花。茶道《さどう》と同じように日本の総合芸術を今に伝える貴重な場所なんどすえ。経験されといて、決してお仕事に損になることはない思います」

「あのぉ〜、こんなこと訊《き》いてもええんかどうか……」

「へえ、なんどす？」

陽介は無粋《ぶすい》と承知しつつも、思い切って尋ねた。

「おいくらほど……」

「ああ、お値段どすか」

「実際に、お座敷のどの場所で芸舞妓さんは舞を披露《ひろう》して、三味線《しゃみせん》や謡《うた》いがどれくらいの音で響いて、照明の具合がどうかとか……今後のためにも勉強しておきたいと思ったんです」

「それやったら、うちが一番に親しいお茶屋さんを予約させてもらうさかいに、しっかり遊んできはったらよろし。花代《はなだい》は『浜ふく』で負担させていただきます」

花代とは、お茶屋で遊ぶ際の代金のことだ。

「え!?　……そんな申し訳ない」

「いえいえ、かましまへん。これも今回の仕事のうちや思うてください。その代わり、ええお仕事期待してますえ」

と、琴子は微笑んだ。

そんな経緯《いきさつ》で、陽介は生まれて初めてお茶屋遊びに出掛けた。まさかそれが、運命の赤い糸を手繰《たぐ》り寄せることになろうとは思いもせずに……。

「よろしゅうお頼もうします」

そう挨拶《あいさつ》してお座敷に現れたのは、芸妓の「うめ鈴《すず》」だった。

陽介は身体《からだ》に電流が走るのを覚えた。

一目ぼれしてしまったのである。

笑顔に魅《ひ》かれた。それはまるで、お座敷の隅々までも照らすような明るい微笑みなのだ。少しあとで聞いた話だが、うめ鈴も同じように「あっ、この人と一緒になるかもしれへん」と運命的なものを感じたという。

陽介は、十歳年下のうめ鈴こと祐子と、その一年後に所帯を持った。花街では、結婚すると芸妓を辞めるしきたりがあり、祐子は専業主婦になった。

ほとんど仕事一筋の設計士。中学卒業後、花街でしか暮らしたことのない芸妓。そんな二人の結婚である。口さがない者が陰で、「上手《うま》くいくはずがない」「すぐに別れる」と噂《うわさ》したという。けれども二人は、誰もが羨《うらや》む仲睦《なかむつ》まじい夫婦になった。

休日には、花を愛《め》でる二人の姿が、京都市内のあちらこちらの寺社で見受けられた。祐子が風邪をひいて熱があるというと、陽介は仕事を早引きして看病した。陽介の仕事が追い込みで徹夜続きになると、祐子は事務所のみんなに夜食を作って届けた。誰が見ても円満を絵に描いたような夫婦だった。

それでもただ一つ、願いのかなわないことがあった。子宝に恵まれなかったのだ。二人して産婦人科に通い続けた。子授けで有名な岡崎《おかざき》神社に幾度も祈願《きがん》した。

「もう諦《あきら》めようかしら」

と、祐子が口にしたそのすぐあと、妊娠したことがわかった。ついに、ついにである。それは、祐子が四十一歳の時のことだった。

年齢からして母体の健康を考えると、これが最後の機会だと思われた。とにかく、陽介は祐子の身体を今まで以上に労《いたわ》った。二人して、子どもにはどんな習い事をさせようか、名前は男の子なら……女の子なら……と相談しだすときりがない。花が好きなことから、「薫《かおる》」なら男女どちらでも通用するのでは、などと第一候補に挙げた。

そんな幸せは、突然に崩れた。

工事の現場でスマホが鳴った。祐子からだ。仕事中に電話をかけてくることはめったにない。急いで出ると、電話の向こうから泣き声が聞こえてくる。

「ごめんなさい……ごめんなさい」

「どうしたんや?」

「産婦人科に行く途中で、歩道の縁石《えんせき》に躓《つまず》いてしもうて……」

「なんや、どうしたんや」

そこから先、事情を聞きだすのに時間がかかった。バスを降りてすぐ、転んでしまったという。腹部に痛みを覚え、しばらくバス停のベンチで休んでいたが、なかなか痛みが治まらない。無理をして病院の受付までたどりついた時、痛みが激しくなり倒れてしまった。

主治医の先生が飛んで来て検査をすると……流産していたというのだ。

陽介は仕事を切り上げ、病院へ駆け付けた。祐子は、陽介の顔を見るなり、ただ、

「かんにん、かんにんして……」

と、泣きじゃくった。

一緒にいるだけで、周りまで明るくしてしまうほどの祐子の笑顔が、すっかり失《う》せてしまった。

退院してからも祐子は一日中、ベッドで寝ていることが多くなり、家事のほとんどを陽介が担《にな》うようになった。家に引き籠《こ》もりがちな祐子を、表に誘い出そうと努めた。

「散歩にでも行こうか。早咲きの桜でも探して」

「……」

「どっかで甘いもんでも食べて」

祐子は、申し訳なさそうな顔をして謝るだけだった。

「……」

「ごめんなさい、横になってくるわね」

それ以上、声をかけるのもはばかられた。どうしていいのかわからない。

「神様、お助けください」

陽介は仕事帰り、八坂神社で手を合わせると、自然に涙があふれてきた。

（あかん！　俺まで気落ちしてどないするんや）

くじけそうな心を自ら励まし、祐子に黙って寄り添った。

そして、半年が経った。

甲斐甲斐《かいがい》しく自分の世話をしてくれる陽介の姿を見て、祐子も明るく振舞おうと努力した。薄皮をはぐようにして、少しずつだが立ち直りの兆《きざ》しが見えるようになった。

芸妓時代の仲間たちが、気遣って声をかけてくれる。カフェでお茶と甘いもんを楽しむこともあった。僅《わず》かながらも祐子の表情に明るさが戻ってきた。

最初のうち、「流産してしまったのは、自分のせいや。生まれてくるはずの子どもに申し訳ない」と繰り返し嘆いていたが、徐々に否定的な言葉も少なくなった。

ある日、陽介がちょっと寝坊してしまい慌てて起きてくると、祐子は着物に着替えているところだった。

「どないしたんや」

「うん、着物着たら、心もシャンとするんやないかと思うて」

祐子は芸妓を辞めたあとも、日頃から着物を着ることが多かった。外出する時だけではない。家の中にいる時でもだ。もっとも、芸妓時代のように艶《あで》やかなものではなく、普段着である。

「うちな、着物が好きやさかい」

そう言い帯を締める祐子の姿に陽介は、改めて見惚《みと》れた。

「今日の夕飯は、うちが気張《きば》って作るさかい」

「へえ〜楽しみやなぁ」

「琴子お母さんに、ぎょうさん丹波《たんば》の栗《くり》もろうたんや。栗ご飯炊いてみよう思うて」

「そないしたら早《はよ》う帰るわ」

そんな何気ない会話の中に、祐子が精一杯「このままではいけない」と気張って、自分と闘っているのが感じ取れた。

そんな日曜日の午後、二人して、鴨川《かもがわ》へ散歩に出掛けた時のことだ。

帰り道、近所の顔見知りの奥さんが、二人の姿を見て駆け寄ってきた。

「元気にならはったんや」

「はい、おかげさまで」

と、陽介が答える。

「過ぎたことは忘れなはれや」

「へえ」

そう言われて、祐子が作り笑いをして答える。

「また次、頑張らはったらええ」

奥さんは悪意はないに違いない。しかし、デリカシーの乏しい言葉にハラハラしつつ、祐子の顔色を窺った。

「……」

「何でも言うてね、力になるさかい」

「よろしゅうお願いします」

「いつまでも泣いてたら、赤ちゃん浮かばれへんからねぇ。早《は》よ忘れよし」

奥さんがお辞儀をして去ったあと、祐子を見ると瞳がうっすら赤らんでいた。

「ゆ、祐子」

「大丈夫や、なんもあらへん」

明らかに強がりを言っているのがわかった。

その数日後、仕事帰りのことである。

五条大橋の上から鴨川の河原にポツンと座る祐子の姿が目に留まった。水面《みなも》をじっと見ている。あまりにも淋《さび》しげで、生気が感じられない。

チラリと祐子の頰に涙が伝うのが見えた。

陽介は、心の持って行きどころがなく悶《もだ》えるしかなかった。


「もも吉お母さん、どないしたらええんやろう」

亀岡陽介はカウンターに両肘をついて頭を抱え込んだ。そして一つ、大きな溜息《ためいき》をついた。そんな陽介に、もも吉がやさしく話し掛けてくれた。

「よう『日にち薬《ぐすり》』て言いますけど、まだまだ時間がかかりそうどすなぁ」

「僕はなんも役に立てへんのが、どうにも、もどかしゅうてならんのです」

「他でもない、うめ鈴ちゃん……ううん祐子さんのことや。うちも心配してます。舞妓の頃からよう知ってる娘《こ》やさかいになぁ。そやからうちも、なんもでけへんことが辛《つろ》うてかないまへん。あんさんがそばにいてあげることが、一番のええ薬になるんや思いますえ」

「そやけど……」

再びうつむく陽介に、もも吉が思わぬことを口にした。

「そうやそうや、扇拵《こさ》えてはる藤原《ふじわら》さんとこで、子猫が生まれたそうや」

いったい何を言い出すのか、陽介はキョトンとして口を小さく開けた。

「アメリカンショートヘアーていう種類なんやて。あちこちに声掛けて、貰《もら》い手を探してはるんどす」

「子猫……ですか？」

「そうや、子猫や。うちは動物が大好きや。犬も猫も小鳥も見てるだけで癒《いや》されるさかいになあ。総合病院の高倉《たかくら》院長が言《ゆ》うてはった。ペットを飼うことは、傷んだ心に効き目があるて」

陽介は、「それはいい！」と思ったが、同時に不安が心によぎった。

「たぶん祐子が嫌がるんやないかて思います。突然、猫を飼おうて言《ゆ》うたら、自分を元気づけるためのことやてわかってしまうに違いありまへん。妙に意固地なところがあるさかいに、受け入れてくれへんやろうなぁ」

もも吉の瞳が一瞬輝き、口元が一文字になった。

一つ溜息《ためいき》をついたかと思うと、裾の乱れを整えて座り直す。背筋がスーッと伸びた。帯から扇を抜いたかと思うと、小膝をポンッと打った。ほんの小さな動作だったが、まるで歌舞伎役者が見得《みえ》を切るように見えた。

「あんさん、ほんまに融通《ゆうずう》が利かしまへんなあ」

「融通て」

「嘘ついたらよろし」

「え？　嘘って」

もも吉は、にっこり笑って答えた。

「嘘言《ゆ》うたら、人聞きが悪うおすなあ、かんにんやかんにん。仏教でいうところの方便《ほうべん》を使《つこ》うたらええんや」

「方便……ですか」

「そうや、方便や。なんでもかんでも、嘘を方便や言《ゆ》うてごまかそういうわけやない。嘘言《ゆ》うんは二つに分けられること知ってはるか？　良うない嘘と、ええ嘘や」

「嘘にええもんと悪いもんがあるんですか？」

陽介は憮然《ぶぜん》とした。ところが、もも吉は、

「もちろんや。自分が有利になるためにつくのが悪い嘘、人のために役に立つためにつくのがええ嘘や。ええ嘘なら、方便と言い換えても閻魔様は許してくださるいうわけや」

と言い、にっこり微笑んだ。

「なるほど」

陽介は、心にポッと小さな火が灯《とも》った気がした。

うちは「ふじわら」ていう扇を拵《こさ》えてはる家で生まれました。

四匹兄妹の末っ子やったこと、覚えてます。

そやけど、生まれて四か月ほどのうちに、上のお兄ちゃんたちはみんなどこかの家に貰われていってしもうたんや。そん時には、

「なんでや！」

て、ちびっと憤《いきどお》りました。うちが四匹ん中で一番に可愛《か》いらしいはずやのに、どないなことやて。人間いうんはほんまにわからへん。

ところがつい先ほどのことやった。ちょっと白髪の混じった短い髪の男はんが訪ねて来はったんや。

「お忙しいところ、申し訳ございません。猫をお譲りいただけると伺いまして……」

ずいぶん腰の低いお人で、深々とお辞儀しはった。うちのご主人が、

「亀岡陽介さんやね、もも吉お母さんから電話で伺ってます」

て迎えると、上がり框《がまち》に置いてある木箱を指さはった。うちは、その中でうたた

寝してるところやった。その男はんが近づいてきはって……スーッてうちは抱き上げられたんや。うちはすぐにわかったんや。

「あっ、この人、えろうやさしゅうて、ええお人や」てな。猫やから鼻が利くいうわけやない。心の温《ぬく》もりいうんやろうか。それが抱きしめられた時にジーンと伝わってきたんや。そやさかい、

「この人んちでお世話になれたらええなあ」て思うたんや。そやけどなぁ、その男はんと「ふじわら」の旦那《だんな》さんが、こないなこと話さはるのを聞いて、少しばかり不安になってしもうたんや。

「もしあかんかったら、お返しする。そんなわがままなことでええんやろうか」

「もちろんや、事情はもも吉お母さんから聞いてるさかいになぁ。そやけど、せっかくのご縁やさかいに、あんじょう行きますよう祈ってます」

「おおきに」

そして、そのあと、うちはその男はんの胸に抱かれて連れていかれました。てっきり、その男はんの家に行くんやて思うたら違《ちご》うてました。鴨川沿いを下《さ》がって歩かはった。ずいぶん歩くなあ、て思うてたら五条大橋をくぐった所で止まると、

「お〜い、祐子〜」

て、川べりに一人でポツンと座っている女の人を呼ばはったんや。

女の人が振り返って、こちらを見た。またまた、うちは思うたんや。ああ、この女の人もええお人やて。あれ？　なんや身体の具合でも悪いんやろうか，ちょっと疲れてはるみたいやなぁ。そやけど、えろう笑顔が素敵なお人や。

祐子さんが陽介さんに尋ねはった。

「あら、子猫！　可愛《か》いらしなあ」

「そうやろ、そうやろ」

「どうしたん」

「そこの橋の下で拾うたんや」

と、五条大橋の方に顔を向けた。

「可哀《かわい》そうに、捨て猫なん？」

「うん、そう思う。可哀そうになって連れてきてしもうたんや」

うちは、腹が立った。そやかて、うちは捨て猫やない。老舗《しにせ》の扇屋さんで生まれて大事にしてもろうてたんや。第一、初秋とはいえ、こないな陽差しの強い河原に放り出されたら、暑さで参ってしまうわ。

うちは、異議を唱えようとして思いっきり鳴いた。

「ミャ～ウ」

「あら、鳴いた。きっと、うちらに甘えているのよ」

「祐子に、こんにちは、て言うてるんかもなぁ」

「うちにも抱かせて」

「うん」

うちは、そお～と祐子さんの腕に移された。

「あ～可愛《か》いらしなぁ」

「うん」

「ねえねえ陽介さん、うちで飼ってもええやろか」

「え⁉　……う、うん。君さえよければ」

「わあ～やった！」

なんやなんや～騙《だま》されてるで、祐子さん。あんたの旦那の陽介さん、嘘ついてはるんやでぇ。ええか、ええかぁ～、うちは捨て猫なんかやない。老舗の扇屋の……。

「ミャ～ウ、ミャ～ウ」

「あら、また鳴いてる。きっと、うちらに拾われて嬉しいんやね」

「きっとそうや」

「ミャ～ウ！」

祐子はつくづく思う。

夫の陽介は、本当に嘘のつけない性格なのだと。

祐子は、今でも、「あの日」のことを思い出すと、なんだか笑えてしまう。

五条大橋の袂《たもと》近くで川面を眺めていたら、大声で呼ぶ声が聞こえた。

「お〜い、祐子〜」

振り返ると、陽介がとぼとぼとこちらへ歩いてくる。

「どうしたん」

と尋ねると、

「そこの橋の下で拾うたんや」

と言う。それは嘘だと、すぐにわかった。芸妓の親しい友達が飼っている猫と、同じ種類だった。アメリカンショートヘアー。ペットショップで買ったという、その値段を聞いてびっくりした覚えがある。

そんな子猫が一匹だけ捨てられているわけがない。

(うちのこと励まそうとして、ペットショップで買《こ》うたか、どこかでもろて来たに違いないわ)

しばらくして、人伝《ひとづて》に「扇屋ふじわら」で生まれた子猫であることを知った。

けれども祐子は、その後もずっと、陽介のついた嘘を信じ込んでいるフリをし続けた。

あの日、子猫を連れて家に帰る途中、祇園の小路《こうじ》にあるちりめんじゃこ屋さんの前を通りかかると、急にミャウミャウと鳴き始めた。店の中をのぞき込むようにして。

陽介が言った。

「ちりめんじゃこが好きなんと違うか？」

「きっとそうや。買《こ》うてこか？」

「うん、買うてこ。そやけど、これって子猫に食べさせてもええんやろか」

「そやね、ちょっと調べてからにしよ」

子猫がまた、祐子の腕の中で声を上げた。

「ミャウ～ミャウ～、ミャウ～」

「あっ、うち、ええこと思いついた」

「どうしたんや？」

「『ちりめんジャコ』いう名前にしたらどうやろう？」

「長すぎへんか？」

「そやな～。そないしたら、ジャコは？」

「なんや漁師町の猫みたいや。『お』を付けて、『おジャコ』はどないやろ」

「うんうん、ええなぁ、可愛《か》いらし名や！　そうしよ、そうしよ」

祐子は、ふっと自然に微笑んだ。それはずっとどこかへ置き忘れていたものだった。陽介が、祐子の肩を強く抱き寄せた。

おジャコちゃんが、再びわが家に幸せを運んできてくれた。


え〜なんやて⁉

うち、おジャコいう名前なん？

なんや庶民的な名前やなあ〜。魚市場の看板猫みたいやないの。アメリカンショートヘアーやで。なんかもっと、上品で華麗《かれい》な名前がよかったなあ。例えば……えぇっと、例えば……う〜ん、思いつかへん。

「おジャコちゃん、明日、ペットショップ行ってトイレとかいろいろ買《こ》うてあげよな。ねえ、陽介さん」

「おジャコちゃん！　これからはうちの子や。わてらは家族やで、よろしゅうな」

おジャコ、おジャコて、うちはもっと……え？　……おジャコちゃん？　なんやええ響きやなぁ。けっこうええ感じがしてきた。

「ミャ～ウ、ミャウ、ミャウ～」

「また鳴いてるよ、祐子」

「ほんまや、なんや嬉しそうに聞こえるなぁ。どないしたん？　おジャコちゃん」

うち、ええ夫婦に引き取られてほんまによかった思う。きっとうちら、上手くやっていける思うわ。

「ミャ～ウ」


それから二年が過ぎた。

おジャコは健《すこ》やかに育ち、大人になった。その名前の通り「ちりめんジャコ」が好物だ。ただし、ピリッとくる山椒《さんしょう》の実が入っていない物に限る。

陽介と祐子が競うようにして一流料亭などの高級品を買い求めてきたので、安物だとそっぽを向いてしまうほどのグルメになってしまった。でも、健康のことを気遣い、一度にひと摘みしか食べさせてもらえない。

祐子も、時が経つにつれ、流産による心の傷も少しずつ癒えていった。ときおり、知り合いに会うと、思い出したように、

「あの時は、残念やったねぇ」

と言われることがある。でも、

「へえ」

と、相槌《あいづち》を打つだけで、軽くいなすことができるようになった。

それもこれも、おジャコちゃんと、おジャコちゃんを連れてきてくれた陽介のおかげだ。深い思いやりに、祐子は心の奥底から感謝しているのだった。


ところが、その陽介の様子が、このところおかしい。

最初に気付いたのは、夕飯の時だった。祐子の作った食事をいつも「美味《おい》しい美味しい」と言って食べてくれていた。それが、ときどき食べ残すようになったのだ。食欲旺盛で、毎食必ずご飯のお代わりをする人なのに。

つい先日は、陽介の大好物の壬生菜《みぶな》と油揚げの炊いたんを、手を付けずにまるまる残してしまった。

「胃の調子が悪いの？　それか他にどこか身体が良くないんと違う？」

と尋ねると、

「ううん、そないなことない。食べる食べる」

と言い、もう一度箸《はし》を手にするので、器《うつわ》の上に手のひらをのせてさえぎった。

「お願いいや、病院行ってきて」

「なんもないよ。先々月、人間ドックやってどっこも悪《わる》うないて言われたばかりや。胃カメラの結果も何ともなかったこと知ってるやろ、大丈夫や」

「う、うん、そうやったね」

陽介は事務所のみんなと一緒に、総合病院で定期検診を受けていた。「祐子も一緒に受けよう」と勧められたのだが、「また折りを見て」などとごまかした。長く不妊治療で通院したあげくに禍《わざわい》が起きたので、病院へ行くというだけで気が重いのだ。

「あのな、このところ大きな仕事が入って忙しゅうてたいへんなんや。それで胃腸も疲れてるだけやから大丈夫や」

「事務所のみなさんも残業してはるんでしょ」

「う、うん、そうやね」

「また前みたいに夜食のおにぎり拵えて持って行こか？」

「そないに気ぃ遣わんでもええ。事務の子らには早《はよ》う帰ってもらってるし」

「無理せんといてね。そうや、琴子お母さんがいつも飲んではる胃腸の煎《せん》じ薬、試してみる？」

「うん、頼もうかな。そやけどほんまに心配せんでもええ。大丈夫やさかいに」

祐子は、何度も陽介が「大丈夫」と言うたびに不安が増してきた。

「とにかく気ぃ付けてな」

「うん、大丈夫や」

祐子の心配は、日を追うごとに募《つの》っていった。

夜中に、陽介がうなされて、寝言を言うようなことがあった。

出掛けに、車のキーやスマホなど大切な物をしばしば忘れた。

それでも「そういうこと、誰でもあるやろ」と言う陽介だったが、日曜日に、一緒にスーパーへ買い物に出掛けた際、「これは尋常《じんじょう》ではない」と確信した。駐車場で、買い物の荷物を車に入れようとして、後部座席のドアを開けた時に勢い余って、隣の車のドアに当ててしまったのだ。幸いなことに、凹《へこ》むほどの損傷はなかったが、車の所有者が戻ってくるのを待ち、お詫びをして塗装の修理を申し出た。

今までそんなことは一度もなかった。とにかく陽介は注意深い性格で、周りの人への気遣いは並々ならぬものがある。ただ、ドアをコツンッと当てただけのことのように見えるが、そんな不注意は「陽介らしくない」のだ。

(これは、うちやからこそわかるんよ)

祐子は何か一大事になる前に、なんとかしなくてはと思った。

きっと、義兄《あに》の俊介に訊けば何かわかるのではないかと思った。

そんな矢先、陽介が一泊で、東京へ出張に出掛けることになった。陽介を送り出すと、義兄のケータイに電話をした。

「あっ、祐子さん、お元気ですか?」

「へえ、おかげさまで」

「陽介は今日は東京ですよ」

「存じてます。あの……ちょっとお目にかかれませんやろか? 会社やのうて、どこか外で」

社内の人間関係のトラブルが原因だとしたら、会社の中では話をしない方がいいだろう。

「……陽介のことやね」

「へえ」

「こっちから電話せなあかんて思うてたところです」

「え?」

「そないしたら、お昼ご一緒しましょう」

祐子は、俊介から教えられたそば屋へと出掛けた。暖簾《のれん》をくぐり名前を言うと、奥の座敷に通された。隣席の人に聞かれたくない話らしい。ということは……。祐子は背筋に冷たい物を感じた。

二人ともざるを注文し、冷たいほうじ茶を一口すると話を切り出した。

「あの～うちの人、最近、仕事でトラブルか何かあるんと違いますか？」

「かんにんや、祐子さん。あいつに口止めされてたさかい」

「口止めて……」

口止めが必要なほどの話かと思うと、怖くて次の言葉が出なくなった。やはり、大きなトラブルに見舞われていたのだ。

「陽介が悪いわけやない。人を疑うのが苦手なとこに付け込まれて騙《だま》されたんや」

一年近く前、陽介は大学の同窓会に出席した。

久し振りに昔の仲間に会えるということで、勇んで出掛けたことを祐子もよく覚えていた。立食のパーティーが始まると、いかにも高いスーツを身につけている男性に声を掛けられ名刺を渡されたという。

在学中は、あまり付き合いがなかったが、陽介と同じ建築学部の田丸聡一《たまるそういち》だと思い出した。聞けば、故郷で父親の跡を継いで建設会社の社長をしていると言う。兄は地元の市会議員とのこと。二代、三代と歴史のある会社では、社長やその一族が市会や県会の議員を務めている者も多い。田丸の会社は、まさしくその典型だ。

お金の匂いがするところに人は引き寄せられていく。田丸を真ん中にして、人垣ができた。田丸は、自分の会社がどれほど儲《もう》かっているか。さらに、今取り組んでいる地域の大型観光プロジェクトについて熱く語った。利権などというものにはまったく縁のない陽介は、人の輪の一番端っこで聞いていた。

パーティーが終わると、田丸がスーッと近づいてきた。

「ちょっと相談に乗ってもらいたいことがあるんだ」

と言われたという。先ほどまでのイケイケの態度とは打って変わって、腰の低い物言いだったらしい。

「お前さ、名刺見たら京都の町家の再生とかリノベーションとかやってるんだってなぁ。プロジェクトが中断して困っているんだ。助けてくれないか」

まさか仕事の話をされるとは思わず、陽介は驚いた。

話は、こういうことだ。

観光プロジェクトの目玉は、古民家の再生だという。築百年以上の古い農家や商家を移築してホテルに変身させる。中には、江戸時代に建築された酒蔵もあるという。ところが、いざスタートしたら、予定していた建築事務所が弱音を吐いて降りてしまった。文化財級の建物もあり、技術面で実績が乏しくて自信がないというのだ。そこで、陽介に泣きついたというわけだ。

俊介は、届いたざるそばにも手を付けず、話を続けた。

「俺も同行して、五軒全部の古民家や商家を見て回ったんや。このままやと取り壊されるか、朽ちていく運命のものばかり。それが、俺たちの手でもう一度役に立つものに変えられるんや思うと正直血がたぎった。うちの事務所には少々荷が重いかもしれへんけど、二人で相談して受けることにしたんや」

「……そういえば陽介さん、面白い話が飛び込んできてワクワクしてるて言《ゆ》うてたことがあります」

「それや、それ」

祐子は、結末が決して良いものではないことを承知しているので、先を聞くのが恐ろしくなってしまった。湯飲みのお茶を一口すすり、気を落ち着けた。

「なにしろ工期が大幅に遅れてるて言う。急いで建設会社で専門の職人を手配してもろて、工事に入ったんや。ところが、いつになっても約束の手付金が振り込まれへん。職人の支払いは先行する。仕方なしにうちの事務所の預金を取り崩して支払いに回したんや。田丸社長に二人して会いに行くと、工期が遅れているせいで資金繰りがショートしている。手形で我慢してくれて言うんや。ここで手を引けばよかったんや。そやけど、移築途中の建物を放り出すようで……判断をずるずると迷っているうちに時が過ぎてしまって……。ようよう考えてみると、田丸さんところは最初から資金繰りが苦しくて、それを知った前の建築事務所が仕事を降りたんやと思う」

「そないたいへんなことがあったんですね」

「結局、うちは首が回らんようになってしまったんや。このままやと倒産や。そやけど、今、手掛けている仕事の施主さんには絶対迷惑はかけられへん。そやさかい、マンションを売ることにしたんや」

「え⁉　お義兄《にい》さんの家を……咲楽《さくら》さんはなんて」

　俊介の住むマンションは、奥さんの咲楽さん名義のはずだ。亡くなった咲楽さんの両親が遺してくれたものだ。

「陽介は、そんなことは絶対にダメやて言うてる。銀行は貸してくれへんかった。支払いも精一杯延ばしてもろうた。今日も陽介は、遠縁の親戚や友達に頭下げて回ってくれてる。少しずつ貸してくれる人はおるけど、全部かき集めてもまだ足りないんや」

　祐子には、陽介の気持ちが手に取るほどよくわかった。俊介を、危ない話に引き込んでしまった責任を感じているのだ。

「こんな話やさかい、祐子さんを心配させとうなかったんやな。口止めされてたとはいえ、黙ってて申し訳ない」

　そう言い、俊介は座敷机に手をついて祐子に頭を下げた。

「よしてください、お義兄さん」

「陽介は一社員や。俺は社長や。俺の判断でゴーした仕事やさかい、俺が責任を取るのは当たり前のことなんや」

　祐子は、改めて尋ねた。

「それで……いくら足らへんのどす」

「え？　いくらて、祐子さんにはとても……」

「ええから、教えてください。おいくらなんでしょう」

「……」

　祐子は、俊介の瞳をまっすぐに見つめた。


　祐子は俊介と別れたあと、自宅のマンションに戻った。簞笥《たんす》の前に立つと、少し顎《あご》を上げて息を吸い、ゆっくりと吐いた。抽斗《ひきだし》を静かに開ける。中には芸妓をしていた頃の着物が丁寧《ていねい》に仕舞われている。一番上の着物を手に取った。それは、黒紋付だった。花街の正装で、一月七日の始業式など限られた日にのみ着る着物だ。

　祐子は二十歳《はたち》の時、「衿替《えりかえ》」をして舞妓から芸妓になった。赤い衿から白い衿に替わることから、そう呼ばれている。その衿替の時に、この「黒紋付」に袖を通したことが忘れられない。

すべての舞妓が芸妓になるわけではない。いや、なれるわけではない。舞妓の時には、屋形のお母さんが食事も着る物もすべて面倒をみてくれる。もちろん家賃もかからない。しかし、芸妓になるには、それら全部を自前で賄《まかな》わなければならないのだ。よほどの舞の技量に加えて、接客の気遣いができなければお客様に贔屓《ひいき》にしてもらえない。お座敷に呼んでもらえなければ、生活ができないのだ。

祐子は、希望と不安で胸をいっぱいにして、黒紋付を着て、お世話になるお茶屋のお母さんのところをご挨拶回りした日のことを思い出した。

再び、抽斗を閉めると、座布団の上で眠っていたおジャコに話しかけた。

「一緒について来てなぁ」

おジャコを抱き上げると、再び表に出た。

「もも吉お母さん、こんにちは」

祐子は、格子の引き戸を潜《くぐ》り、もも吉庵の敷居《しきい》を跨《また》いだ。

「あらあら、うめ鈴……やなかった祐子はん。あんたは、着物と笑顔がほんまに似《に》合《お》てるなぁ」

「ミャ～ウ」

おジャコちゃんが鳴くと、もも吉お母さんは頬を緩めた。

「あんたもべっぴんさんやで、そうそう、上等なカツオブシもろうたんや。あげまひょな」

もも吉庵には、密《ひそ》かに花街の人々が悩み事の相談に訪れるという。それは他人事《ひとごと》と思っていたが、まさか自分が、相談に来るとは思いもしなかった。

「なんや悩んではるんとちがいますか？」

祐子が口にする前に、もも吉の方から尋ねられた。

「へえ、お母さん」

祐子は、このところ夫の陽介の様子が変であったこと。そして、つい先ほど、そのわけを義兄の俊介から訊き出したことを伝えた。相槌《あいづち》すら打たず、黙って聞いていたもも吉が口を開いた。

「それであんた、どないするつもりやの？」

祐子は、間を置かずに答えた。

「へえ、着物売って、少しでも陽介さんの力になろうて思います」

「あんた、そないなことしてもええんか」

祐子にとって、着物は命の次に大切なものだ。近所でボヤがあった時、持てるだけの着物を風呂敷に包んで運び出したことがある。その時には、周りの人たちから「火事場のコソ泥みたいや」と笑われたものだ。

「うち、決めたんどす」

「そうか、よう決めたなぁ」

簞笥の中のものだけではない。クローゼットの奥にも仕舞ってある。そこに入りきらないものは「浜ふく」の女将の琴子にも預かってもらっている。それらをすべて売りに出すつもりなのだ。

「そやけどもも吉お母さん、問題があるんどす」

カウンターの向こう側。畳敷きに座るもも吉が言う。

「このお金使《つこ》うてくださいて言うても、旦那《だんな》さんは受け取らへんのやないかて心配してるんやな」

「へえ」

さすがもも吉、何もかもお見通しだ。

「うちの人、やさしそうな顔してますが、今どき珍しい頑固者なんです。女房が着物を売って拵えたお金やなんて聞いたら、いやな気持になるんやないかて思うんどす。うちが着物をどれほど大切にしてるかゆうこともよう知ってはるし……」

腕の中で、おジャコちゃんが「ミャ〜ウ」と鳴いた。と同時に、もも吉がパッと何か閃《ひらめ》いたような顔をした。

「そないしたら、宝くじに当たったたて言うたらええ」

「え、宝くじですか？　そんなこと信じてくれるやろか」

「きっと、大丈夫や。男はんいうんはそういうもんや」

祐子は、そう言われても疑心暗鬼《ぎしんあんき》だが、

「へえ」

と答えた。さまざまな相談事を解決してきたもも吉の言葉だ。祐子は言う通りにしようと思った。

ことは急ぐ。

資金繰りで、倒産するかどうかの瀬戸際に立たされている。

それよりも何よりも、陽介の身体が心配だった。

そこで、もも吉が、ひと肌脱いでくれた。祐子の着物は、いずれも一流の生地と仕立てだが、古着屋へ持って行ったら二束三文だ。そこで、花街の何軒ものお茶屋の女将さんたちに頼み込み、こっそりと高値で買い取ってもらったのだった。丁寧に着て手入れも怠らなかったので新品同様のものばかり。誰からもことのほか喜んでもらえた。

「箪笥で眠っているより、ずっと着物も嬉しがってると思いますえ」

「へえ、そう思います」

祐子は、後ろ髪を引かれる思いで手放したのだが、もも吉のその言葉に心底救われる思いがした。


その晩、祐子は陽介の帰りを待った。深夜に呼び鈴を鳴らさず、鍵を自分で開けて入ってきた。玄関から音が聞こえると、祐子は飛んでいった。

「なんや、起きてたんか？」

靴を脱ぎかけている陽介に大声で言った。

「ねえねえ、たいへんなの！」

「どないしたんや」

「びっくりして腰ぬかさんといてや」

「なんや、早《は》よ言い」

「宝くじが当たったの!!」

陽介の瞳が大きく開くのがわかった。祐子は、いくつもの札束が入った大きな紙袋を陽介に手渡した。

「ほんまか」

紙袋の中をのぞいて、陽介は眼をぱちくりとしている。

「ほんまに当たったんか？」

「そやけど、うち心配なんや」

「何が心配なんや」

「宝くじ当たった人は、その後の人生が狂って不幸せになるて聞いたことがあるんや」

「うん、そんなこともあるらしいなぁ」

「そやさかい、うち怖いんやこんな大金。預かっておいてくれへん。なんや使いたいことがあったら、自由に使《つこ》うてもろうてもかまへんし」

陽介の顔色が変わるのがわかった。

何も返事をしない。

ただ、黙って祐子を見つめている。それは、ほんの一分ほどのことだったかもしれないが、十分にも二十分にも感じられた。そして、ポツリと言った。

「おおきに……祐子」


おジャコは、呆れ果てている。

この家に来てからというもの、つくづく思う。人間いうのは、なんて嘘つきなんやろうて。どう考えてもおかしいやないの。うちは、全部知ってますえ。祐子さんは、もも吉お母さんから、「宝くじに当たった」て、嘘つくように教えられたんや。宝くじに当たったんやないで。祐子さんの箪笥の抽斗、開けてみなはれ。からっぽや。そのお金はなぁ、祐子さんが命の次に大切にしてはった着物を売り払って拵えたお金なんやで。

陽介さん、騙されたらあかん、あかんでぇ～。

「ミャ～ウ！　ミャ～ウ！」

おジャコは、いつもより大きな声を上げて鳴いた。

しかし、陽介さんと祐子さんは、ずっと顔を見つめ合って動かない。おジャコがふと見上げると、どちらの瞳も涙がにじんで真っ赤になっていた。

祐子のおかげで、建築設計事務所は不渡りを出さずに済んだ。

あちらこちらから借入をしたせいで、毎月の返済は苦しい。だが、ますます京町家のリノベーションの需要は高まっており、注文は途切れることなく舞い込んだ。

陽介は、もも吉に相談に乗ってもらったのをきっかけに、すっかり名物の麩もちぜんざいの虜《とりこ》になってしまった。

今日も、現場から現場へと移動する途中で、もも吉庵に足を向けた。

「相変わらず、あんたら仲ようてええどすなぁ」

もも吉にそう言われて、陽介は赤面した。というのは、つい先日のことだ。祐子と、おジャコちゃんの好物のお菓子「風神雷神《ふうじんらいじん》」を買いに出掛けた帰り、川端《かわばた》通の向こうからもも吉が歩いてくるのが見えた。

二人が、立ち止まってお辞儀をしようとすると、

「仲がよろしおますなぁ」

と言い、ニヤニヤと笑っている。ここで、ようやく気付いた。手を繋いで歩いていたからだ。二人にしてはいつものことなのだが、世間一般、四十代、五十代の夫婦にしては珍しいかもしれない。陽介は、パッとその手を離した。照れながらも、

「おかげさまで、あんじょうやっております……」

と答えると、

「なんも離さんでもええがな。なあ祐子さん」

祐子は隣でポッと顔を赤らめた。

麩もちぜんざいを食べ終えて木匙を置く。すると、陽介よりも先にもも吉が、

「どないしはりました？」

と尋ねた。何か相談事があることを、顔色から察したに違いない。

「実は……」

と、陽介はこのところの悩みを話し始めた。

祐子がこのところ、腰が痛いと言う。あまりに痛みが続くので、整形外科でレントゲン検査をしてもらったが異常は認められなかった。その後、目眩《めまい》がしてベッドや椅子から起き上がれない日が多々あった。しかし、祐子は、流産をしてからというもの、なかなか病院へ行きたがらない。

もし、悪い病気だとしたら……。

なんとか病院で受診させたくて、やきもきしていた。

もも吉は、この悩みに、いとも簡単に返事した。

「うちに任せとくれやす」

「任せるて？」

その考えを聞いて、陽介は膝を打った。


隠源和尚が住職を務める満福院に、もも吉庵の常連が集《つど》った。

もも吉に美都子。風神堂の京極《きょうごく》社長。それに、屋形「浜ふく」の女将の琴子に、総合病院の高倉院長など十名ほどだ。この時期、本堂の廊下《ろうか》から眺める紅葉はことのほか美しい。

土曜日の午後、同じ祇園の「吉音屋《よしねや》」から仕出し弁当を取って、紅葉狩《もみじが》りを楽しむという趣向《しゅこう》だ。

「ミャ〜ウ」

おジャコも活《い》きのいい魚を使った特製のお弁当を夢中になって食べている。

この会の幹事を仰せつかったのが、陽介だった。いや、仰せつかるというよりも、この企画自体を陰で主催しているのが、陽介なのである。

食事を終えると、美都子がみんなにお茶を点《た》ててくれた。もちろん、お菓子は「風神雷神」だ。高倉院長が、祐子に訊ねる。

「なんや顔色がすぐれへんようやけど、どないかされましたか?」

祐子は、腰に手を当てて答える。

「なんやこのところ腰が痛むんどす。歳のせいやろか」

「他になんか調子の悪いところは?」

「ときどき目眩が……」

「そないしたら、うちで検査してあげるわ」

「へえ、そやけど……」

「明日、特別に精密検査してあげるさかい。朝ご飯食べんと八時に来なはれ」

「へえ」

病院嫌いの祐子だったが、瞬《またた》く間に検査を受けることが決まった。その様子を見て、まずは陽介は胸を撫《な》でおろした。


ほらほら、またや。

人間いうんはほんまに嘘ばっかりつくんやなぁ。陽介さん、

「祐子、みんなで紅葉狩りをするさかい、ちょっと手伝《てつど》うてくれへんか」

て頼んで、満福院に誘い出したんや。総合病院の高倉センセとは打ち合わせ済みなんよ。こないなこと考えて指南するもも吉お母さんは、なんて策士なのかしらん。

高倉院長が、陽介さんに言う。

「そうやそうや、陽介君も一緒に受けたらええ。仲がようて、いつも手ぇ繋いで歩いてるて聞いてるで」

みんなが笑った。うちも、

「ミャウミャウ～」

と大声で笑った。そやけど、これがまさか災厄《さいやく》の始まりになろうとは、誰も思わへんかった。

陽介は、総合病院の院長室で、高倉院長の説明を聞きながら、

「この世には神も仏もいてへんのやろうか」

と思った。

祐子の検査結果は最悪だった。がんが進行し、身体のあちらこちらに転移しているという。どんな名医でも手術できる状態にはないという。抗がん剤治療の効果が期待できるかもしれないので、すぐにでも投与を始めることを勧められた。陽介は、「もしあいつがこの世からいなくなったら」と想像したら、目の前が真っ暗になってしまった。

生きていてほしい。

もし祐子の苦しみを代わってやれるものなら、なんだってする。できるものなら閻魔様に、「わたしは地獄へ行ってもかまわへんので、祐子を助けてやってください」と、すがりついて頼みたい。

しかし、話はこれで終わらなかった。院長から、陽介一人で呼び出された理由は他にもあった。MRIの画像を見せて、

「陽介君、あんたのここんとこに動脈瘤《りゅう》が見つかった」

と、高倉院長が神妙な顔つきで自分の胸を指さして言う。

「え？　……動脈瘤ですか？」

「そうや、かなり大きいんや。いつ破裂するかわからん状態にある。すぐにでも手術することを勧めたい。でけるだけ早い方がええ」

「手術？　すぐにて……ちょ、ちょっと待ってください、院長。これから祐子の治療が始まるんでしょ。誰が付き添うんです。流産いう心の傷が癒えたんは大昔のことやありません。ようやく普通の生活が送れるようになったところなんですよ。聞いた話では、抗がん剤治療がどれほど苦しいか。そばにいて、僕が支えてやらんとあかん。すぐに手術なんてでけるわけがあらしまへん」

陽介は知らぬ間に、院長の腕を強く摑《つか》んでいた。院長は、陽介の手を振り払おうとはせず、ただ陽介を見つめている。

陽介は、迷わなかった。自分の手術は後回しにしよう。治療は患者一人のものではないはずだ。医師や看護師はもちろん、家族が一緒になって病気に向き合うことが治癒《ちゆ》に繫がるのだと。

できるかぎり祐子に付き添ってやるのだ。

院長は、陽介の両手を握り、言った。

「そないなこと、医師としては認められへんで」

「……」

「そやけど、一人の人間として、同じ夫の立場としてなら陽介君の気持ちはようわかる。お二人の治療について、できるかぎりのケアをさせてもらいます。それから、動脈瘤のことはわたしの口からは祐子さんには言わんようにしときましょう。治療の状況を見ながら、陽介君から話しなはれ」

「おおきに、院長先生」

「それにしても、うらやましい」

「え？」

陽介は首を傾げた。

「いやいや、失礼。もちろん病気のこと言うたんやない。ええ夫婦やなぁ思うて」

陽介は、微《かす》かに頬を緩ませて、

「はい」

と答えた。


陽介さんが、うちの喉元を撫でて言う。

「おジャコちゃん。迎えに来るまで、もも吉お母さんとこでお利口《りこう》さんしててな」

もも吉お母さんは、

「心配せんでもええ。ちゃんとうちが世話しますさかい」

と、少し顔をこわばらせて言った。うちは、なんでお母さんが顔をこわばらせているのかわからへんで、不安で仕方のうなってしもうた。

祐子さんは、たいへんな病気に罹《かか》って治療を始めはった。陽介さんは、祐子さんの看病をしてはるけれど、このところ疲れて身体も心もくたくたみたいや。そやけど、治療の成果は芳《かんば》しくないらしい。

それに、なんや陽介さんも大きな病気を抱えてるて聞いてる。うちの世話するんもたいへんやから、いったんもも吉お母さんに預けられたいうわけなんよ。そんなん世話なんていらへん。ほっておいてもろうたらええのに……。

「ミャウ～！　ミャウ～!!」

うちは、思いきり鳴いた。

ううん、泣いた。いややや、いややや。離れとうない！

「ミャウ！　ミャウ!!」

ほんま？　ほんま？　嘘やないよね。迎えに来てくれるんよね。

「ミャウ～！　ミャウ～!!」

そやかて、そやかて、あんたたち、今まで嘘ばっかりついてきたやないの。今度もまさか嘘やないよね。祐子さんの治療が無事に終わったら、ほんまにうちのこと迎えに来てくれるんよね。

　嘘やないいて言うてよ、陽介さん！

「ミャウ～！」

　陽介さんは、うちに手を振ってにっこり微笑むと、もも吉庵を出て行った。


　さてさて、これで話はおしまいや。

　これが、うちがもも吉庵でお世話になることになった経緯《いきさつ》どす。

　え……？　祐子さんと陽介さん、どないしはったんかて？

　あんまり答えとうないけど、話さんわけにはいかしまへんなぁ。


　うちは今日、朝から満福院に連れて来られました。

　本堂には、二人にゆかりの人たちがもう揃うてはります。陽介さんの兄の俊介さん家族と、事務所のみなさん。もも吉お母さんと美都子さん。屋形「浜ふく」の女将の琴子さんと舞妓のみなさん。「扇屋ふじわら」のご主人。そして……高倉院長さん。

もも吉お母さんが、隠源和尚に言わはります。

「みなさん揃いはったようや。始めまひょか、じいさん」

「よっしゃ、始めよか」

「さあさあ、おジャコちゃんもね。ほんまやったらあんたが皆にご挨拶せなあかんところなんやよ」

もも吉お母さんは、うちのこと抱き上げて、一番前に敷いた座布団の上に乗せてくれました。ふかふかや〜。

うちはご本尊《ほんぞん》を背にして、みなさんに猫背のままながらもできるだけきちんと座りました。そして、ぺこりとお辞儀をしてご挨拶を申し上げます。

「ミャウ、ミャウ〜ミャウ〜ミャウ〜ミャウ〜（それではみなさん、お忙しい中、よう集まってくださいました。ここにおいでのみなさんは、悲しい、せつない思いでいっぱいやと存じます）」

隠善さんが言わはった。

「なんや今日は、おジャコちゃん、よう鳴くなあ」

「ミャ〜ウミャオ〜（そんなん当たり前やないか。今日は、うちの二人のご主人さまの三回忌や。うちが挨拶せんでどないするん？　それでは続けさせてもらいます)」

「ミャウ〜ミャウ〜……ミャウ〜ミャウ〜…………(人間いうんは、ほんまに嘘つきなんやなぁ〜て、つくづく思いました。

そやけど……そやけど……うちはあの二人がうらやましくて仕方がないんどす。もも吉お母さんが、ええこと言うてはったのを思い出します。嘘には、ええ嘘と良うない嘘があるんやて。それは、人のために役立つためにつく嘘と、自分が有利になるためにつく嘘なんやそうや。

うちは思うんどす。思いやりのある嘘は、閻魔様も許さはって極楽へ送ってくださるはずやて。

祐子さんも陽介さんも、お互いがお互いのことぎょうさんに思いやってはった。ほんまに、ほんまにええ夫婦どした。きっと、極楽でも手ぇ繋いで散歩してはるんやろなぁ、て思います)」

うちはヒョイッと振り向き、写真の二人に向かって話しかけた。

「ミャウ〜ミャウ〜…………(祐子さん、陽介さん、心配せんでもええよ。うちはええ人たちに囲まれて幸せや。

もも吉お母さんは、うちのこと『迷い猫』を預かっているということにしてくれてます。今日、お越しの皆さんは事情をよう御存じのことやけど。いちいち、他人に訳を説明するんは面倒やし、話を始めたら聞いた方も気持ちが暗《くろ》うなるさかいになぁ。……というよりも、祐子さんと陽介さんが、今でもフラッと麩もちぜんざいを食べに、もも吉庵に現れるような気がしてるからかもしれまへん)」

隠源和尚の読経《どきょう》が始まった。

もも吉お母さんが、うちの背中をやさしく撫でてくれた。

あかんあかん、眠とうなる条件が揃うてるわ。

うちはいつしか、眠りに落ちてしもうた。

第三話　頑固者　御室桜《おむろざくら》も苦笑い

「おお、満開やないか〜！　当たった当たった！　わての予想が当たったでぇ」

大声を上げるのは建仁寺《けんにんじ》塔頭《たっちゅう》の一つ満福院《まんぷくいん》の住職の隠源《いんげん》だ。

法衣《ほうえ》の裾《すそ》を揺らして、桜の方へと一人先に駆けて行く。まるで童《わらべ》のようだ。

美都子《みつこ》が、

「ほんまきれいやわぁ、うち、こないに満開の時に見に来られたん初めてや」

と言う。美都子は、祇園甲部《ぎおんこうぶ》の芸妓《げいこ》で、昼間は個人タクシーのドライバーをしている。桜の時期には観光客を乗せて案内するはずなのに、それでも、なかなか桜の開花とタイミングが合わないものらしい。

隠源の息子で副住職の隠善《いんぜん》も、しきりに頷《うなず》く。

「僕もや。修行から戻ってきてからいうもん、寺の仕事が忙しゅうてわざわざ花見に出掛けるなんて贅沢《ぜいたく》な事でけへんかったさかい」

隠源のはしゃぎぶりにはあきれるものの、もも吉《きち》も御室桜《おむろざくら》を目《ま》の当たりにして、その美しさには溜息《ためいき》が出た。

仁和寺《にんなじ》は、京都は御室の地に仁和四年、西暦八八八年に創建された真言宗《しんごんしゅう》御室派の総本山だ。宇多《うだ》天皇が出家《しゅっけ》し法皇《ほうおう》となり住まいとしていたことから、御室御《おむろご》所《しょ》と呼ばれていた。以来、幕末まで皇室出身者が代々住職を務めていた格式の高い寺である。

　なんといっても有名なのが「御室桜」だ。

　中門内の西側一帯に、遅咲きの桜の林が広がっている。

「御室有明《おむろありあけ》」という種類で、背丈が低い桜の木であることが知られている。

　一般の桜とは異なり、仰がずとも目線の高さで愛《め》でることができるのだ。京都では昔から、巷《ちまた》でこんなふう謡《うた》われてきた。

〽わたしゃお多福《たふく》御室の桜　鼻が低《ひく》うても人が好《す》く

「鼻が低い」お多福顔の人を、「花が低い」にかけ、誰にも好かれると詠《よ》んだのだ。

　桜苑の一番奥の方まで行って振り返ると、百三十株もが咲き誇る花々の向こうに、五重塔がズンッと突き出るようにしてそびえるのが見える。

　まさしく、絶景だ。

「早《は》よ咲かんやろか」

　と、誰もが桜が咲くのを待ち侘《わ》びる。しかし、咲いたと思うと散るのも早く、

「行く春」に、もの淋《さび》しさが押し寄せてくる。そこで京都の人は思う。

「まだ大丈夫や。遅咲きの御室の桜があるさかい」

御室桜の一般的な開花は、四月の中旬と言われている。ところが、これが曲者《くせもの》で、気象予報士の予想通りになかなか咲いてくれはしない。これを逃《のが》せば来年まで会えない。そこで、にわか開花予報士が現れる。

三月も末、もも吉が、美都子、隠源、隠善らと、御室の桜を見に行くスケジュールを調整し合っていた時のことだ。もも吉が、

「今年は暖冬で、ソメイヨシノも二十五日頃には満開になってしもうた。岡崎辺《おかざきあた》りもすっかり花筏《はないかだ》や。御室桜もきっと早《はよ》う咲くに違いあらへん。四月の五日か六日辺りやろうなぁ」

と言うと、隠源が言い返してきた。

「いやいや、わてが思うに十二日くらいや。わては賭《か》けてもええで」

「あほらし。そないなことに賭けしてどないするんや。そやけど、うちは四月五日頃やて思いますえ」

「よしゃ、わてが勝ったら、一年間、麩《ふ》もちぜんざいご馳走《ちそう》してもらうさかいにな」

「よろしおす。その代わり、はずれたら一年間、麩もちぜんざいお預けや」

「う、う……それはきついけど、ええで」

隠源はよほど自信があるらしかった。

もも吉はほくそ笑んだ。「かんにんしてや～やっぱり麩もちぜんざい食べさせてぇな」と、泣き言を言う隠源の顔が思い浮かんだのだ。

あにはからんや……。四月の初めに寒《かん》の戻りがやって来て、花見どころの天候ではなくなってしまった。五日には、いずこの遅咲きの桜も蕾《つぼみ》は堅いまま。

ところが、寒波が去ると、急に温かさが増した。もも吉ら四人が、四月十二日に仁和寺へ出掛けてみると、桜は満開になっていた。隠源の予想がピタリと当たってしまったのだ。

「当たったで、当たったで。十二日にしてよかったやろ、なぁなぁ」

と、隠源は何度も言う。もも吉は、桜の咲き乱れる中を歩きながら、そっけなく、

「そうどすなぁ」

と答えた。

「実はなぁ、わては寒波が来る前に腰が痛《いと》うなるんや。それで、寒の戻りがあるとわかったんや。これで一年間、麩もちぜんざいタダや」

もも吉は正直、おもしろくない。その昔、祇園甲部《ぎおんこうぶ》の芸妓として、舞の技量も人

気も一番だったがゆえに、いまだに負けず嫌いなのだ。

隠源が隠善の耳元で囁《ささや》いた。

「これは縁起《えんぎ》がええ。帰ったら、宝くじ買いに行こか？」

隠善も小声で答える。

「ほんまに買いに行くんか、おやじ」

もも吉は、二人の内緒話《ないしょばなし》を聞き洩《も》らさなかった。

「なんやて、坊さんが宝くじ買うやて」

「ええやないか、坊主が宝くじ買《こ》うて何が悪いんや」

と、隠源が唇を尖《とが》らせる。

「煩悩《ぼんのう》を捨て去るんが修行や。一攫千金《いっかくせんきん》狙うなんてお釈迦《しゃか》さまも怒ってはるわ」

いつもならここで、「うるさいわ、ばあさん」などと言い返す隠源だが、何やら返事に窮している様子だ。隠源に代わって、隠善がもも吉に説明する。

「もも吉お母さん、実はこれには訳があるんです」

「訳やて？」

隠源はさきほどのはしゃぎぶりとは打って変わって、神妙な顔つきをしている。場所を仁和寺会館内の食事処「梵《ぼん》」に移して、話を聞くことになった。

「ちょっと前のことや」

と、隠源がぽつりと言う。

「庭師の仁斎《じんさい》さんとこの職人さんが行方不明にならはったことがあるやろ」

もも吉は、静かに頷く。

ある日、富夫《とみお》という庭師が梯子《はしご》に上って木を剪定《せんてい》していたところ、地面に落ちてしまった。脳梗塞《のうこうそく》だった。幸い病状は軽くてすぐに退院できたが、精神的な面の後遺症で梯子に上ることができなくなってしまった。

それを苦にして、富夫は親方の仁斎に無断で出奔《しゅっぽん》してしまう。その後、生活に困ってホームレスになってしまった。その時、誰からか「刑務所に入ると食べる物には困らない」と聞き、わざとお巡りさんに捕まろうと画策《かくさく》した。なんともバカげたことだが、本人はいたって真剣な様子。

しかし逮捕されるために無銭飲食を試みるも、なかなか上手《うま》くことが運ばない。それで決行したのが、賽銭《さいせん》泥棒だ。だが、隠源の知り合いの寺で住職に見咎《みとが》められ、諭《さと》されたという話である。

「それがなあ、つい最近、うちの満福院にも賽銭泥棒が来たんや」

「あらまぁ」

続きを隠善が話す。

「それも三日続けてなんや。以前から、おやじに言われててな。『もし見つけても、怒ったり咎《とが》めたらあかんでぇ。ここは寺や、大切なんは功徳《くどく》と慈悲の心や』て」

もも吉は、改めて隠源を見直した。決して口に出したりはしないが……。

「お腹空《す》かせてるらしいんで、おむすび握って食べさせてやった。すると、どのお人も涙流して感激しはるんや。そいで、『好きで賽銭盗もうとしたわけやないんやろ』て訊くと、驚いたことに三人とも同じ答えが返ってきたんや」

「どないな？」

「派遣で働いてたけど、不況でクビになって気付いたらホームレスになってたて……」

隠源が、語るように言う。

「なんでもかんでも能率、効率ばかり追いかけて儲けようというご時世や。そやけど、その陰でリストラされて生きていけへんお人が大勢いてはる。人の犠牲《ぎせい》の上に作る社会は間違《まちご》うてる。なんとかせなあかん。手ぇ差し伸べたい。そやけど、吹けば飛ぶような小さな寺の坊主にはなんもでけへん。でけへんことに苛立《いら》つんや」

「その時や。僕が冗談で、『宝くじでも当たったらなぁ』て言うたら、おやじが『そうや、それしかない！』て」

宝くじを買って、ホームレスを救おうと考える発想のなんと愚かなことか。しかし、その愚かさが愉快で眩《まぶ》しくさえ思えた。じっと黙って聞いていた美都子が、口を開いた。

「そないしたら、このあと、宝くじ買《こ》うて、その足で御金《みかね》神社さんでご祈禱《きとう》してもらいましょうよ」

御金神社は、金山毘古命《かなやまひこのみこと》を主祭神として祀っている。初めて訪れる者は、誰もが金色の鳥居《とりい》を目の当たりにして驚く。

元々は、金・銀・銅などの金属類、鉱山、鉱物を守り給《たま》う神様だったものが、「金」繋がりで、株の取引や競馬・競輪などのギャンブル、はたまた宝くじの当選祈願をする者の信仰を集めるようになったらしい。もも吉は、手を打って賛成した。

「それはええ、行きまひょ、行きまひょ」

もも吉らは、足早に駐車場へと向かった。


斉藤朱音《さいとうあかね》は困り果てていた。

「なんで買わへんのや」

「ご、ごめんなさい。わたし、宝くじは……」

斉藤朱音は、副店長の若王子《わかおうじ》に頭を下げた。

「なんでや……」

「ごめんなさい」

朱音は、何度も何度も頭を下げた。

朱音は大学在学中も、ずっと「ノロマでダサイ」と言われ続けてきた。関東の片田舎の出身でファッションを気にしたことがない。ちょっとぽっちゃりめで背も低い。運動音痴《おんち》で、芸術センスもさっぱり。

父親を早くに亡くし、母親が介護施設と居酒屋を掛け持ちで働き、家計を支えてくれた。大学二年の時、その母親が過労で倒れる。中退して働くことも考えたが、五つ歳上の兄が学費の一部を援助してくれ、なんとか卒業にこぎ着けた。

だから、自分もいくつものバイトをこなし、授業の単位もギリギリ。カレシを作るどころか、仲間と遊びに行く時間もお金もなかった。

そんな朱音は大学卒業後、京都の「風神堂《ふうじんどう》」に就職した。安土桃山《あづちももやま》時代創業の老舗《しにせ》和菓子店だ。銘菓「風神雷神《らいじん》」は進物《しんもつ》の高級ブランドとして知られ、大手百貨店にも出店している。さらに、東京の銀座店に併設のカフェはセレブ御用達《ごようたし》。就職人気ランキング上位の会社なので、大学の友達は驚いてしまった。いや、びっくりしたのは当の本人だった。

それだけではない。

現場研修の後、いきなり社長秘書の辞令が下りた。入社早々の大抜擢《だいばってき》だった。社内の誰もが「なぜ?」と驚いた。なぜなら、工場や店頭などの現場研修では不器用でミスばかりする上に、とにかくノロマで役に立たなかったからだ。朱音自身も自信を喪失《そうしつ》し、辞表を書いて提出しようとしたことさえもある。

京都では、桜や紅葉《もみじ》、祇園祭《ぎおんまつり》などの時期には観光客が押し寄せる。そのため、市内の各店舗へ本社から応援部隊を派遣《はけん》する。総務部、広報部など間接部門の人たちが、接客の現場へお手伝いに行くのだ。朱音も桜の時期に入り、南座前店《みなみざまえ》に派遣されてきた。たびたび応援に行くので、すっかりスタッフとは顔馴染《かおなじ》みだ。

しかし、実は「足手まとい」だと言われている。商品の包装が大の苦手《にがて》で、のろのろと時間がかかってしまう。本当に不器用で、包装紙がくしゃくしゃになり使い物にならなくなることさえある。お客様からは、「いつまで待たせるの?」と言われる始末。若王子副店長からは、いつも「テキパキしてや」と叱られてばかりだ。

南座前店ではときどき、社員もアルバイトも全員が少しずつお金を出し合い、宝くじを購入している。いわゆる「グループ買い」だ。

今回は、「春の開運宝くじ」。一等前後賞合わせて一億円である。

若王子副店長が少し屈《かが》んで、背の低い朱音の顔をのぞき込むようにして言う。

「あんたはたしかに、この店の正式なスタッフやない。せやけど、しょっちゅう本社から応援に来てくれるさかい、同じ仲間として声掛けてあげてるんやないか。去年の年末ジャンボの時にも『一口どうや』て誘ったの覚えてるか？　それだけやない。あんた、いつまで経っても包装がきちんとでけへん。どれだけみんながあんたのフォローしてると思うてるんや。そやのに、みんなの恩を感じてへんのか？」

「ご、ごめんなさい」

朱音は小さくなって謝る。

「『一緒に宝くじ買おう』て言うてるだけやないの。職場の輪いうもんもある。みんなで一緒に『当たったらどないしよう』って言い合ってなぁ。ワクワクして当選発表を待つところに連帯感も生まれるんや。え？　なんやあんた涙ぐんで……なんやうち、親切で声掛けてるつもりやのに、パワハラ上司みたいな気ぃがしてきたわ」

一人でも多くの人がグループ買いに参加すれば、当選する確率も上がる。それは朱音も理解していた。でも、宝くじは……ダメなのだ。

「別に謝らんでもええ、あんたのためや思うて声掛けただけやさかい」

とうとう、若王子の機嫌を損《そこ》ねてしまった。朱音はもう一度、店の奥へと入って行く若王子の背中に向かい、頭を下げた。

そして、心の中で、(でも、でも、宝くじは買えないんです)と呟《つぶや》いた。


宮津頓風《みやづとんぷう》は、骨董商《こっとうしょう》「弥勒《みろく》や」の店主だ。

本名は、勇一《ゆういち》という。

五年ばかり前、三代目頓風を襲名した。

祖父は、名だたる名家へ出入りし、優れた目利《めき》きとして知る人ぞ知る存在だったという。弥勒菩薩半跏思惟像《みろくぼさつはんかしゆいぞう》のある広隆寺《こうりゅうじ》を深く信心していたことから、「弥勒や」の屋号をつけたと聞いている。

「頓風」は、俳句をたしなんでいた祖父の俳号《はいごう》だ。取引先からも「頓風さん」と呼ばれていたことから、いつしか商《あきな》い上の名前になった。

宮津家はどうも早世《そうせい》の家系らしい。祖父も父親も還暦《かんれき》を迎える前に亡くなっている。祖父の跡を継いだ父親は、細々と骨董商を営んだ。子どもの目から見て、とても繁盛しているようには映らなかった。

頓風はお小遣いをもらったという記憶がない。皆と一緒に、駄菓子屋で買い食い

ができないので、いつもつま弾《はじ》きにされた。母親に、

「なんでうちはお小遣いもらえへんの？　うちは貧乏なんか？」

と何度も聞いた。そのたびに母親は、

「お父ちゃんの方針や」

としか答えてくれなかった。その父親は、

「お前は家業を継ぐんやから、何《なん》もせんでお金をもらえると思うてはあかん」と口癖のように言っていた。

勇一は、ただ、不満だけが募《つの》った。

ときどき、近くに住んでいた母方のお婆ちゃんに甘えて、こっそりお小遣いをもらった。父親にばれるとお婆ちゃんが叱られるので、駄菓子屋で買ったお菓子を家に持って帰ったことは一度もなかった。

東京の大学に受かった。

両親は喜んでくれたものの、ほとんど仕送りはなかった。

それでも京都から出られたこと、家から解放されたことだけで幸せだった。

黴《かび》の匂いのするような「骨董屋」という仕事が嫌いだった。そして何より、家のある京都が大嫌いだった。もう二度と家には帰らないつもりで上京し、大学へはア

ルバイトと奨学金で通った。

卒業すると、ファッション専門のＩＴ系通販会社に就職した。貧困からＩＴ長者に成り上がったというベンチャー企業の創業者の本を読んで、自分もそうなりたいと思った。

ところが、いざ勤めてみると現実は違った。デジタルはどこへやら。毎日毎日、足を棒にして営業で駆けずり回る。断られても断られても、食い下がって注文を獲得する。そうしなければ社内で生き残れないのだ。ノルマを達成できない者は、みんなの前でマネージャーに罵倒《ばとう》される。その代わり、達成できたら英雄だ。

五年、六年と働くうちに、こんなことをしていても、本で読んだ創業者のように成り上がることなどかなわないことがわかってくる。同じ思いの同期の仲間と、会社を飛び出し一攫千金を夢見て起業した。

同じアパレルだが、幼い子どもを持つ母親世代にターゲットを絞った通販サイトを立ち上げた。これが当たった。みるみる売上が上がり急成長を遂《と》げた。このまま行けば、上場を果たして成り上がれるかもしれない。そう思った矢先、一つのクレームに対応ミスが起きた。

どこでどう間違いが起きたのか、クレームのメールが放置されてしまったのだ。ユーザーが消費生活センターに訴えた。ネット上で騒ぎが広がり、売上が急降下。

あっという間に倒産してしまった。

債務の後始末をしたあと、結局、京都へ舞い戻った。

勇一は、三十二歳になっていた。

どういう顔をして、実家の敷居《しきい》を跨《また》いだらいいかと悩みに悩んだ。しかし、母親が父親に口をきいてくれたらしく、叱責一つなく迎え入れられた。

かといって、居心地の悪いことといったらない。ときどきアルバイトをして、半年、一年と、なんとなく過ごした。その間も、父親は何も言わない。ますます、父親との心の距離は遠くなった。

そんなある日、父親が病気で倒れた。入退院を繰り返し、家業の存続もままならなくなってしまった。心が通じていないとはいえ、血の繋がった父親だ。できるかぎりの看病をした。居間のソファーでテレビを見ながら、隣の部屋のベッドでうたた寝する父親の様子をチラチラと窺《うかが》っていた時のことだ。

「おい、勇一」

と、自分の名を呼ぶか細い声が聞こえた。テレビのスイッチを切ってそばに行く。

「どうしたんや？　どこか痛むんか？」

「いいや、そうやない。今のうちに話しておこう思うて」

「何を？」

父親は、病気になる前より、穏やかな顔をしていた。

「お前が骨董に興味がないことは知ってる。家業が好きやないんやろ。そやけど、『弥勒や』の看板を下ろすのはいかにも惜《お》しい。お得意様も少なからずおる。もしもや……もしもやけど、お前にその気が少しでもあるなら、俺が残り少ない命をかけて商いを教えてやろう思うがどうや」

勇一はちょうどその頃、この先の人生について、考え始めていた。というのは……恋をしたのだ。

ある日、暇つぶしのつもりで俳句の会に出掛けた。祖父が始めたという伝統ある会だ。どうせ、じいさんばあさんの集まりだろう、と思いきや、勇一よりも若い女性がいて驚いた。それが、真千代《まちよ》だった。

彼女は、会の世話役をしていた。会費の徴収《ちょうしゅう》や短冊と筆記用具の準備。参加者の好みに合わせて、お茶やコーヒーを支度《したく》するなど、小まめな気遣いが目をひいた。

真千代と話をしたくて、早めに行き、会の手伝いを一緒にするようになる。

すぐに二人の距離は近くなり付き合い始めた。

最初に魅《ひ》かれたのは自分の方だ。しかし、付き合ううち、真千代の方が勇一に対する熱が強くなっていくのを感じた。

半年も経った頃、真千代の家を初めて訪ねて驚いた。

なんと、岡崎《おかざき》の別荘群に連なるお屋敷の一つではないか。

後々、わかったのだが、今どき珍しい箱入り娘で、恋をするのも男性と付き合うのも初めてだと聞き、少々臆病《おくびょう》になった。しかし、そんな浮世離れした女性との付き合いは、仕事で挫折して故郷に舞い戻った勇一の心を癒《いや》してくれた。

こちらは無職だ。何よりも育った環境が違いすぎる。真千代の両親に反対されて当然と思っていた。にもかかわらず、驚くほどすんなりと認めてもらうことができた。なんでも、真千代を溺愛《できあい》している祖父が大賛成してくれているという。

ここで、勇一は我に返った。

一緒になろうにも、生活の基盤がまったくないのだ。

手っ取り早いのは、家業を継ぐことだ。個人商店とはいえ、一国一城《いっこくいちじょう》の主《あるじ》だ。恋を成就《じょうじゅ》させるために、勇一は「弥勒や」を継いでもいいかな、と思い始めた。

父親に、結婚したい人ができたこと、仕事を習いたい旨《むね》を伝えた。「そんないい加減な気持ちで、家を継がせられるか！」と怒られるのではないかとおどおどしながら。

だが、それはまったくの杞憂《きゆう》だった。

「そうか、ようやく決断してくれたか」

と、父親は相好《そうごう》を崩した。こんなにも喜んでくれるとは思いもしなかった。病《やまい》にかかり、気弱になっているせいだろうか。それが勇一には淋しく思えた。

父親は体調の良い時を見計らい、お得意様のご挨拶回りに連れて行ってくれた。また、茶道具、掛け軸、花入れの基本的な知識を叩き込まれた。骨董商と言っても、すべてに精通しているわけではない。おのおの得意な分野で商《あきな》っている。「弥勒や」は茶道の家元と親しく、茶器を得意としていた。

しかし、父親との蜜月《みつげつ》は一年にも満たなかった。その間に、真千代と結婚し家庭を持った。ある日、再び臥《ふ》せることの多くなった父親が、勇一にやさしい目を向けた。

「あとは自分で失敗を繰り返しながら研鑽《けんさん》を積むことや。わしでさえ継げたんやから懸命にやればお前にもでけるはずや」

それが儚《はかな》くも、最期の言葉になってしまった。

「早うしてぇな〜」

とせがむのは、もちろん隠源だ。しかたなくもも吉は、

「先にこっちを食べて、待ってなはれ」

と、いただき物の箱の封を開け、菓子皿に乗せてカウンターの上に置いた。隠源が、すかさず声を上げた。

「永楽屋《えいらくや》さんの琥珀《こはく》やないか」

永楽屋は、「あまいもの（菓子）」「からいもの（佃煮《つくだに》）」の両方を扱う四条河原《しじょうかわら》町《まち》の名店だ。店の創業は戦後と古くはないが、二百年、三百年という歴史のある和菓子店がひしめき合う京の町で、手土産品《てみやげひん》としても信頼が厚い。中でも、やわらかな寒天をシャリシャリの歯触りの砂糖で閉じ込めた「琥珀」は、まるで宝石のようだ。

「箱ごとでも食べられるわ」

と言う隠源に、もも吉は、

「一人一つずつやで」

と言い残し、奥の間へ麩もちぜんざいの支度に行った。

しばらくして、お盆を持って戻り、おのおのの前に清水焼《きよみずやき》の茶碗《ちゃわん》を供した。

待ちきれないという表情で、いの一番に隠源が茶碗のふたを開けた。

「ほほう、あんこが白いさかい桜色が映えるなぁ」

と、隠源が声を上げるると、みんな口々に溜息をつくように相槌《あいづち》を打った。

「ほんまや」

「きれいやわぁ」

「きれい……」

白いぜんざいの上に、甘く煮込んだ大粒の手亡豆《てぼうまめ》と麩もちが一つずつ載っている。それは共にピンクに染められており、「花見」を連想させようというもも吉の趣向だ。

もも吉庵のL字型のカウンターには、丸椅子《いす》が六つ。

内側の畳にはもも吉が座る。

藤色の疋田染《ひったぞめ》の着物に、帯は白地に桜の柄。帯締めは濃いめのピンクだ。京の着倒れと言われるに相応《ふさわ》しく、誰の目をも楽しませる。

奥席には、隠源と隠善が並んで座っている。入口近くには、「風神堂」社長の京極丹衛門《たんえもん》と秘書の斉藤朱音。そして角の席には、アメリカンショートヘアーの女の子、おジャコちゃんが目を閉じて、ちょこんと丸まっている。

いつもなら、美都子が隠善の隣に座るはずだが、今日はこれからあと一人来客がある。そのため美都子は、カウンターの内側に上がり、もも吉の手伝いをしている。

ぜんざいの評判が良かったことで、もも吉はつい饒舌《じょうぜつ》になった。

「そうでっしゃろ、そうでっしゃろ。吉田甘夏堂《よしだあまなつどう》さんにお願いして、北海道は十勝《とかち》の大《おお》手亡豆で、白あん拵《こしら》えてもろうたんや。手亡豆いうんはいんげん豆の一種や。みんな知っての通り、いんげん豆は、萬福寺《まんぷくじ》を作った隠元《いんげん》さんが中国から持って来はったお豆や。クセが無《の》うてさっぱりしてるのがええどすなぁ」

隠源が、あごを手でさすりながら、

「黄檗山《おうばくざん》萬福寺の隠元禅師と、建仁寺塔頭の満福院隠源。よう間違えられるんや。でも残念ながら、比べようにも格が違い過ぎるわ」

と、しかめっ面をした。


「そろそろ来はる時間やない？」

美都子が、腕の時計を見て言う。

「そやなぁ、そろそろやなぁ」

もも吉たちが待っているのは、骨董商の「弥勒や」だ。今日の席は、もも吉が主催して集まってもらったものである。

一週間ほど前のこと。

「岡崎の男爵《だんしゃく》」はんから電話があった。折り入って頼みがあるので、時間をもらえないかという。

侯爵《こう》、伯爵《はく》という華族《かぞく》制度は、戦前の話だ。だが、もも吉が芸妓をしていた頃には、「このお方はなぁ、元侯爵でいらっしゃるお方や」などと仰々《ぎょうぎょう》しく紹介されたことが幾度もあった。もも吉は、家柄とか肩書にまったく興味がなかった。その人柄や生き方に魅かれるか否かを、人付き合いの「ものさし」としてきたからだ。

「岡崎の男爵」はんは、すこぶる粋《いき》で楽しい御仁《ごじん》だった。芸妓になったばかりのもも吉は、お座敷にお呼びがかかると飛んでいった。いつも、「ももちゃん、ももちゃん」と言って、可愛がってくれた。

男爵の本名は松平兼季《まつだいらかねすえ》という。歳はもも吉よりも十近く上のはずだ。元はどこかの藩のお殿様で、明治維新後は製陶と貿易で財を成した家であることを後に知った。また、「宮様《みやさま》」の縁戚でもあるらしい。

その男爵がわざわざ、もも吉に頼みごとに来るという。かつてのこととはいえ御《ご》贔屓《ひいき》さんだ。もも吉は、「そんなめっそうもない。こちらから伺います」と、取る物も取り敢えず岡崎のお屋敷を訪ねた。

「ももちゃん、悪かったなぁ、忙しいやろうに来てもろうて」

と、まるでタイムスリップしたかのように昔と同じ口調で言う。挨拶も早々に、男爵は頼みごとの用件を明かした。

「わての孫娘の真千代がなぁ、先年に結婚しましてなぁ」

「それはそれはおめでとうさんどす」

「めでたいことはめでたいんやが、その旦那《だんな》いうんが甲斐性《かいしょう》のない男でなぁ」

もも吉は、どう答えていいのか戸惑った。男爵は眉間《みけん》に皺《しわ》を寄せている。

「と、言わはると……」

「うん、骨董を商っておるんやが、儲けのことしか頭にないんや。なのに、ちいとも儲からんで家ん中は火の車らしい。それやのに真千代は旦那のことが好きで好きでたまらんようなんや。なに不自由なく育ったさかい、貧しさに音《ね》を上げて出戻ってくる思うてたんやけど、案外辛抱強うて驚いてるいう始末や。わてには理解でけへんのやけど、女の人はダメな男の人を好いてしまうことがあるらしいなあ」

「それは女も男も変わらしまへん。それが恋いうもんや思います。そやけど、なんでそないなあかん男はんとの結婚を認めはったんどす？」

「それやそれ。真千代の両親は反対したんや。それをわてが『ええんやないか』て言《ゆ》うてしもうてな。その『弥勒や』の初代の店主・頓風とわては仲が良うてなぁ。真千代の旦那のお爺ちゃんやな。俳句会の仲間でもあったし、よう祇園で遊びもした。それで間違いないと思うて、結婚を認めてしもうたんや」

「え⁉　男爵はん、今、『弥勒や』て言わはりました？」

「言《ゆ》うた」

「うち、存じ上げてますえ」

「な、なんやて」

男爵は眼を見開いて驚いている。

「どこでお店をかまえてはるかは知らしまへん。そやけど、天神《てんじん》さんとか弘法《こうぼう》さんで骨董の店を出して、店主が頼りなさそうなわりには、案外ええもん揃えてはるんどす。それで、もも吉庵で出す麩もちぜんざいの器なんかを誂《あつら》えたりさせてもろうてます」

「天神さん」とは、毎月二十五日に北野天満宮で開かれる露店の市のこと。「弘法さん」は同様に毎月二十一日に東寺で開かれる市のことだ。

「まさかももちゃんが、真千代の旦那のお得意さんやったとは……」

「ただ、いつも値ぇを吹っ掛けようとしはるんで、『そんな高いわけおへん！』てピシャリと言うてやるんどす」

「あははは、ももちゃんは変わらんなぁ。初代の頓風は信用を重んじる男でな、決して自分が儲けようとして持ち込んで来たりはせえへんかった。とにかく目利きやったなぁ。若い作家の茶器なんかも勧めてくれた。頓風がええ思うもんは、わてもええと思うた。持って来るもんは、ほとんど買《こ》うた。それが十年、二十年と経つうちに、その作家が大きな賞を獲《と》らはったりして、えろう値上がりするんや。それも、ことごとくになぁ」

「なるほど……それで」

男爵は、弱り顔で続ける。

「それで、そんな頓風の孫やったら、人物は間違いないいて思い込んでしもうてなぁ。……それがあかんかった」

「そうどしたか、なんと言うたらええのか」

「そこで、ももちゃんに頼みや……頓風にお客さんを紹介してほしいんや」

「お客さんいうと？」

「ときどきな、生活を助けるために、頓風にうちの蔵にある書画骨董を預けて売らせてるんや。誰に似たのか、真千代も強情でなぁ。封筒にいくらか入れて渡そう思うても、受け取らへんのや。そやけどこのままでは真千代が不憫《ふびん》でならん。ももちゃんの顔で、お客さんを取り次いでやってほしいんや」

「そんなんお安い御用どす。そやけど、そんなお宝を売ってしもうてもええんどすか⁉」

「いやいや、蔵にはお宝もあるにはあるが、そんなんはほんの一部や。そこそこの掛け軸や、そこそこの茶碗を頓風に預けてな。一応、わての希望価格を伝えておいて、売れた金額との差額を手間賃として渡してるんや。そやけど、頓風は目先の儲けしか頭にあらへんさかい、ええお客さんが逃げてしまう」

「なるほど、それでうちに、良うないことせんよう見張りながら、信用あるお客さんに骨董売るんを取り次いでほしい言わはるんどすな」

「その通りや、どないやろ」

「へえ、精一杯務めさせていただきます」


男爵とのやりとりはすべて、美都子はもちろんのこと、隠源・隠善親子と京極社長には話してある。隠源は、ことの次第をすぐに察したらしく、

「つまり、そこそこの値段で買《こ》うてあげたらええんやろ」

と応えた。

「そうや、男爵はんは、そんなにお高いもんはないいて言うてはった。生活費の足しにできたらええいう程度のもんや」

「ぜひ協力させていただきます」

と、京極社長も快諾してくれた。

頓風は、義祖父・松平兼季のくれたメモを手にし、息を切らして花見小路《はなみこうじ》を歩い

ている。肩には、骨董の入った大きな風呂敷を担いでいた。薄緑の麻の葉文様《もんよう》だ。

平日だというのに、観光客がいっぱいで、まっすぐ進めない。地図に従い、左へ右へと路地を曲がると、とたんに静かになった。

「この辺《あた》りのはずなんやが……あったあった、これやこれ」

格子の引き戸の軒先に、八重桜の小枝がかざしてある。もも吉庵は、一見《いちげん》さんお断りだという。看板もない。それゆえ、初めて訪れる者が間違わないようにとの目印だった。

「ようおこしやす」

「おおきにもも吉お母さん、いつも天神さんやらではお世話になってます」

「こちらこそ」

「『弥勒や』です。みなさん今日はお世話になります」

頓風は、深々と頭を下げた。カウンターの客が、頓風にお辞儀をした。

「さあさあ、そこの空《あ》いてる椅子に掛けておくれやす。荷物、こちらへお預かりしまひょ。早速、風呂敷解《ほど》かせてもろうてもよろしおすか？」

「へえ、もも吉お母さん」

「みなさんには説明済みや。岡崎の男爵はんの蔵からの預かりもんやてなぁ」

そう言い、もも吉は、風呂敷から一つずつ丁寧《ていねい》に品物を取り出した。そして、カウンターの上に順に並べていく。

頓風は事前に、もも吉が声を掛けてくれた参加者の素性《すじょう》を聞いていた。それに合わせ、義祖父から預かっている骨董の中から「これは」という品を選んで持参した。

飛びぬけて高価なものはない。だからいくら儲けられるかは、それをいかに価値のあるものだと思わせることができるかにかかっている。「風神堂」の京極社長は、老舗の経営者ゆえにきっと財布の紐《ひも》が堅いのではと睨《にら》んでいる。もも吉お母さんは、目が肥えていていつも厳しいが、紹介する手前、いい値段をつけてくれるに違いないと踏んでいた。

狙いを付けているのは、ズバリ満福院の隠源和尚《おしょう》だ。頻繁《ひんぱん》に先斗町《ぽんとちょう》で遊んでいるとの噂《うわさ》を耳にしている。檀家《だんか》からのお布施《ふせ》で、懐《ふところ》には余裕があるはずだ。一つ、いや二つもゼロを多くした値段で引き取ってもらうつもりでいる。

骨董はタダ同然の物が、時に腰を抜かすような値で取引されることもある。まさに一攫千金の世界なのだ。

頓風は、父親が亡くなってすぐの頃、ふらりと訪れた客のことを思い出した。

それは、まだ喪《も》の明けぬ秋の夕暮れのことだった。

祖父の代に付き合いがあったという染めもの屋の主人が訪ねてきた。店仕舞《みせじま》いして店をマンションに建て替える。そのため、先代が集めていた骨董を全部処分したいという。染めもの屋の主人いわく、

「おやじは亡くなる前に、『道楽で東寺《とうじ》の骨董市で買《こ》うたもんばかりや。売ろうとしても二束三文やで』言うて笑《わろ》うてました。まあ、テーブルの一つでも新しいのが買えたらええ思うてます」

と言う。希望価格が低かったので、全部、言い値で買い取り、店の中に並べていた。

ところがだ。ふらりと訪れたお客さんが、その中の一つの茶碗をえらく気に入り、「おいくらで」と問われた。恐る恐る指を一本出した。すると、ポンッと百万円を支払い持ち帰ってしまった。頓風は十万円のつもりだったのに……。その時思った。これはおいしい商売だと。

頓風は、

「まずはこれから」

と、真新しい白木の箱を手に取り、ふたを開けた。中身を取り出して二重の布を解き、茶碗をカウンターの上にそっと置くと、みんなの視線が注がれた。

「黒楽《くろらく》やね」

「へえ、そうどす。もも吉お母さん」

「手に取らせてもらいます」

「どうぞ」

「ええ温《ぬく》もりや」

これは、もも吉にと用意して来たものだった。天神さんでは幾度か器を求めてもらっているので、その趣味はなんとなく察している。楽茶碗とは、桃山時代に千《せんの》利休《りきゅう》が楽長次郎《らくちょうじろう》に作らせたことに始まる。それは楽焼と呼ばれ、「楽家」は現在まで受け継がれている。ろくろを使わず、手とへらだけで作る「手づくね」が特徴だ。

「ええ黒が出てますなぁ。よほどの作家さんが拵《こさ》えはったんやろうなぁ」

「残念なことに、箱書きがあらしまへんのや」

箱書きとは、作者が箱に署名と押印《おういん》をしたもののことだ。それがないというのは、由来が確かではないということを意味する。

「いただきまひょか」

「え⁉」

「名が無《の》うても、ええもんはええ。うちは、それがかえって気に入りました。これでよろしおすか？」

もも吉は、カンンターの下から、前もって用意してあったと思われる封筒を取り出し、頓風に差し出した。

「確かめさせてもらいます」

頓風は、封筒を受け取ると中身を確認した。「気に入った」と即断するので、よほど大金が入っているかと期待したのだが……。それでも、義祖父に言われた希望の倍近い値段だ。頓風は、今月の生活費のことを頭に浮かべて、

「おおきに」

と、頭を下げた。おかげで、次の品の話がしやすくなった。

もも吉が、カウンターの上の掛け軸を手に取る。色紙大の小ぶりのものだ。今、店に掛けられている桜の絵の色紙と掛け替えた。

「隠源和尚様には、ぜひ、こちらをおすすめいたしたいと存じます」と言い、掛け軸を指差した。

いつの時代のものかは不明だが、禅宗の僧の筆による掛け軸だという。かなりの達筆《たっぴつ》だが、書に疎《うと》い者でもかろうじて「白雲抱幽石」と読める。京極社長が最初に、

「ええ味わい言うか、清々《すがすが》しゅうなる文字ですなぁ」

と言うと、頓風の方を向いて美都子が、

「どういう意味どすの？」

と訊ねた。頓風が答えようとすると、隠源の息子の隠善が軸を指さして口を開いた。

「有名な禅語の一つです。はくうんゆうせきをいだく。深い深い山にある大きな石をも抱えて隠してしまうような雲が空一杯に立ち上っているいう情景を詠《よ》んだんや。世俗から離れて、すべての欲やこだわりを捨てて生きる様《さま》の譬《たと》えやな」

隠源が、署名を読んで口にした。

「臥水翁て読めるなぁ。どこぞの寺のご住職やろか。なかなかのもんや」

頓風は、決して悟られないようにしてほくそ笑んだ。ところが、

「そやけど、手元が淋しいんや。かといって、男爵はんの蔵のもんに恥ずかしいことはでけへん……弱りました」

と頭をかく。先斗町では遊ぶくせにケチるんかいな、と心の中で悪態をついた。

隠源は、懐から懐紙《かいし》と筆ペンを取り出し、サラサラッと書き記した。

「これでいかがでしょうかな」

差し出された懐紙を受け取る。するとそこには、もも吉の時と同様に、義祖父の希望したおよそ倍の金額が記されていた。

「もう少し……」

「いや、申し訳ない。これが精一杯なんや」

隠源からせしめようとしたが、案外渋くて期待外れだった。そんな心の呟《つぶや》きを悟られぬよう、笑顔を作って礼を言う。

「おおきに」

「うむ、代金はあとで、この副住職の隠善に届けさせますさかい」

大損したわけでもないのに、頓風はがっかりして身体の力が抜けた気がした。

その後、美都子には鼈甲《べっこう》の簪《かんざし》を買ってもらった。またまた、それなりの値である。

今日は、大いに期待してやって来たが、どうやら空振りらしい。

あとは、京極社長だ。しかし、目利きだと推察していたため、あまり考えずに品物を持って来てしまった。今日はこれでお仕舞いかと気落ちしていると、

「あの～これ拝見してもよろしいでしょうか」

と、申し訳なさそうに蚊の鳴くような声が聞こえた。

「彼女はわたしの秘書の斉藤朱音君や。見聞《けんぶん》広めるために連れて来たんや」

「それはそれは。どうぞ手に取って見てみてください」

「ありがとうございます」

京言葉ではない。関東の出身だろうか。それにしても、なんという垢抜《あかぬ》けしない顔と出《い》で立ちだろう。背は低くぽっちゃり。せめてオシャレをすればいいのに、アイラインすら引いていない。アクセサリーもなし。スーツを着ているが、サイズが合っていないのか、モコモコとした感じがする。

朱音が興味を示したのは、カウンターの真ん前に置かれていた本の束《たば》だ。和綴《わと》じの古本が十冊、紐でくくってある。京極社長が尋ねる。

「なんや、朱音君。古書に興味があるんかいな」

「いえ、表紙に『干菓子図案帖』と書いてあるので勉強になるかしらと思って」

頓風は、

「さすがは風神堂の社長秘書さんや、お目が高い。聞いた話では、その昔、御所の近くにあった和菓子屋さんが、お客様の注文で干菓子を拵えはる際に使っていた見本帖やそうです。風神堂さんなら興味あらはるか思うて持って来ました」

と言い、紐を解いて一番上の本を朱音に手渡した。

京極社長がのぞき込む。

「ああ、『白鷺屋勇達《しらさぎやゆうたつ》』や。江戸時代に栄《さか》えはった京菓子司《きょうかしつかさ》さんやな。蛤御門《はまぐりごもん》の変《へん》の大火事で廃業したて聞いたことがある。よう遺《のこ》ってたもんやなぁ」

頓風はつい口元が緩んで尋ねる。

「ということは、相当に珍しいもんでしょうか」

「そうやな、珍しいことは珍しいけど、価値があるかいうとなぁ」

それを聞いてがっかりした。やはり今日は、これでお仕舞いのようだ。朱音は、『干菓子図案帖』のページを開けるなり声を上げた。

「わ～キレイ!」

「どれどれ」

と、美都子がのぞき込む。

「ほんまや、キレイやなぁ」

どうやら、秋のお菓子らしい。左ページには黄色いイチョウ、右ページには三種の赤色がグラデーションに色付けされた紅葉山《もみじやま》のお菓子が描かれている。京極社長が興味深げに他の本も手に取る。

「なんや、他は和菓子とは関係ない本ばかりや。ええっと、これは料理の献立やな。次は薬草、それからそれから……どうもお菓子の見本帖はこれ一冊みたいや」

「そ、そうでしたか……」

と答えて、頓風は(しまった)と心の中で舌打ちした。一番上の本の題名を見て「これは京菓子の風神堂さんなら興味があるかもしれへん」とだけなんとなく考え、紐を解くことなく持って来てしまったのだ。もも吉の顔をちらりと盗み見ると、口元をへの字にしてこちらを睨みつけていた。（これはあかん）と首をすくめる。

京極社長が、熱心に見入っている朱音に言った。

「それ欲しいんか？」

「……見ているだけでウキウキしてきます。でも、わたしみたいな者が……」

京極社長が、頓風に尋ねた。

「この『干菓子図案帖』を朱音君が気に入ったようや。おいくらかな？」

頓風は、ついつい顔が綻《ほころ》びてしまった。

「一冊では困ります。それは十冊セットで十万円と考えてますんや」

「なにがめついこと言うてるんや」

と、もも吉が声を上げた。でも、ここで負けるわけにはいかない。『干菓子図案帖』は、義祖父は「いくらでもかまへん。値ぇがつけばそれでよろし」と言っていた。義祖父には「一万円で売れました」と報告すればいい。高く売った分だけ儲けだ。

朱音が、京極社長にぼそぼそと呟いた。

「十万円だなんて……。止《や》めておきます」

それを、京極社長が「まあまあ、待ちなはれ」と、朱音の顔を見て言う。

「朱音君、『干菓子図案帖』一冊分だけ、一万円出せるか？　パッとこの本が目ぇについたいうんは、この本とご縁があるいうことや。一万円はちびっとお高い買い物かもしれへんけど、干菓子のデザインの勉強する思うてどないや？　残りの九冊はわたしが買い取るさかい」

「はい、社長がそこまでおっしゃってくださるなら」

「そういうことや、弥勒やさん。セットで買わせていただきます」

頓風は、京極と朱音の気が変わらぬうちにと、

「へえ、おおきに」

と、満面の笑顔を作って頭を下げた。朱音は、本を胸にギュッと抱き締め、

「ありがとうございます、社長」

と、何度もペコペコと頭を下げた。純真さは伝わってくるが、まるで田舎育ちの少女のようではないか。社長秘書といえば、テキパキと仕事をこなし、かつ、対外的なコミュニケーションに卓越《たくえつ》していなければならないはずだ。なぜ、こんな「ふわ～」とした娘が……と首を傾《かし》げた。

もも吉は、岡崎の男爵からの頼まれ事を果たしたことで、ほっとしていた。

ところが、事は思わぬ方向へと転がってゆく。

「もも吉庵」での集まりから、二週間ほどが経ったある日のことである。京極社長から一本の電話が入った。

「もも吉お母さん、この前、うちの朱音君が買《こ》うた本なんやが、ややこしい……言《ゆ》うか、えらいことになりまして」

「えらいことて、いったい、どないしはったんどす？」

もも吉は、嫌な予感がした。「弥勒や」が偽物《にせもの》でも摑《つか》ませたのか、それともあとで追加のお金を要求したのではないかと思ったのだ。

「もういっぺん、みなさんに集まってもらいたいんや。それがな……」

もも吉は、その理由を聞き、腰を抜かすほどに仰天した。

その翌日の晩。急遽《きゅうきょ》、先日の参加者が再び「もも吉庵」に集《つど》った。一番最後に、おどおどとした表情で現れたのは、「弥勒や」だ。訳はまだ話していない。ただ、「必ず来てほしい」とだけ伝えたのだ。隠源と隠善にも同じである。美都子にいたっては、「なんで内緒なん？」と口を尖《とが》らせている。もも吉は、事が事だけに、京極社長の口から直接みんなに話してもらった方がいいと判断したのだ。

全員が揃ってカウンターに座った。

京極社長が、隣の朱音をちらりと見やると、声高に言う。

「みなさん、たいへんなことがわかりまして」

「どないしましたんや、京極はん」

と訊《き》いたのは、隠源だ。

「それがですなぁ……朱音君がですねぇ、あの日、帰宅して『干菓子図案帖』を見ているると、最後のページに古い封筒がはさまっているのを見つけたそうなんや。なんやろう思うて、中をのぞくと切手が五枚入っている。いずれも『何銭』と書いてあって、どうも戦前のものらしい」

「ほほう」

と、隠源が身を乗り出した。

「翌朝、出社すると『こんなものが中に』て、報告してくれたんや。それで、切手に詳しい友達がいるから見てもらおう、いう話になりましてな」

その友人は、ひと目見るなり、「はあ〜これは珍品だ」と言い顔色を変えた。自分では荷が重いので、切手やコインを専門に扱う知り合いの骨董商に相談したいと言う。もちろん、朱音も異存はない。そして、その鑑定結果が昨日届いたのだった。

京極社長が、その切手をうやうやしくビジネスバッグの中から取り出し、みんなの前に掲げて見せた。汚れないようにビニールの小袋に入れてある。

「これは、明治七年に発行された桜切手と呼ばれるもんやそうです。ほら、小さく四隅に桜の絵が描いてありますやろ」

隠善がのぞき込む。

「ほんまや」

「問題はここからやそうや。桜切手いうても相当たくさんの種類が発行されてるらしいんや。そん中でも、二銭のこの切手は希少《きしょう》なもんで、ここんとこに小さくカタカナで『イ』て書いてあるんが見えますか？」

隠源が苛立《いらだ》ちを隠せず、

「京極はん、細かい説明はええ。珍品らしいのはようわかったさかい。それで、それで」

と急《せ》かす。京極社長も、みんなの興味の行方を察しているようで、詳しい話をはしょって、

「鑑定《かんてい》したお人も値ぇがつけられへんて言うてはるそうや」

と言った。隠源が尋ねる。

「どういうことや、値ぇがつけられへんて」

「三百万とか五百万とか」

「な、なんやて！」

「え～」

遠くから見ていた美都子が、声を上げたかと思うと切手に顔を近づけてきた。

もも吉は、頓風に顔を向けた。わなわなと身体が震えているのがわかる。その頓風が、かろうじて聞こえるような小さな声で言った。

「も、も、もし……五百万円やとしたら……ご、ご、五枚で二千五百万円……わ、わ、たいへんや」

みんなが大騒ぎしているというのに、朱音は表情が変わらず落ち着いている。

隠善が、

「朱音ちゃんよかったなぁ、えらい宝くじに当たったって」

と言うと、京極社長が眉を少しばかり下げて溜息をついた。

「いやね、それが困りましてねぇ。朱音君が言うには、本は買ったけど切手のことは知らない。元の持ち主さんが誤ってはさんだままにしていたに違いないから返すて言うんや」

もも吉は、朱音の言うことは筋が通っていると思い、

「朱音ちゃんの言う通りや。そやけど、今どき、ほんま欲のないことやなぁ」

と褒めたが、朱音は照れるわけでもなく答えない。すると、頓風が、

「そないしたら、わたしが男爵さんに返して来ましょう」

と、京極社長の持つ切手に手を伸ばす。もも吉が、

「あきまへん！」

と、その手をピシャリと叩くと、手を引っ込めた。そして、

「うちがあんたはんと一緒に返しに行きます」

と言うと頓風は、いかにもばつの悪そうな顔をした。


その翌日のこと。

頓風は、もも吉に付き添われて義祖父を訪ねた。

妻の真千代の実家である。

屋敷をぐるりと囲む長い長い塀は、あたかも寺のようだ。外から中の様子は見えない。ドアホンを押すと、通用門が自動で開いて執事《しつじ》の「どうぞお入りください」という声が聞こえた。

道すがら、もも吉が言うには、義祖父の松平兼季とはずいぶんと昔からの付き合いとのこと。お目付け役としては手ごわい相手だと思った。

頓風は、今回見つかった切手でなんとか大儲けできないかと考えていた。まず

は、義祖父にこの切手を返却する。いったん、辞したあと、義祖父に「もしよろしければ、切手を高く買い取ってもらえる先を見つけましょうか」と提案する。手数料は、取引額の一割としても二百五十万円だ。

いや、これほどのお宝だ。何人かのコレクターに競わせて、値段を吊り上げるという手もある。義祖父には内緒で、買い手からこっそりとバックマージンを受け取ることも可能ではないか。そんなことを考えるだけで、ついつい口元が緩んでしまう。

頓風はもも吉とともに、応接室に通された。

瀟洒《しょうしゃ》なスーツの義祖父が現れた。挨拶も早々に、もも吉が義祖父に事の成り行きを説明する。もも吉も、少し気が高揚しているように見えた。義祖父は終始にこやかに聞いている。二千五百万円という数字を耳にしても、表情一つ変わらない。

「……ということなんどす」

もも吉が、買い主である朱音とかいう社長秘書の「持ち主さんが誤ってはさんだままにしていたに違いないからお返ししてほしい」という意向を伝えた。

「男爵はん、どうぞお収めくださ い」

と、もも吉が恭《うやうや》しく切手の入ったビニール袋を差し出した。

「それはそれは」

と言うものの、義祖父は受け取ろうとしない。もも吉が、もう一度、

「どうぞ」

と言うと、刹那《せつな》、顔つきが硬《かた》くなった。

「ももちゃん、わざわざ来てもろうたんやが、それを受け取るわけにはいかん」

「え？　……なんでですの？」

「朱音さんいうんはなかなか真っすぐな心根《こころね》のお嬢さんらしい。いっぺん会《お》うてみたいもんや。そんなお嬢さんの意に沿えんのは心苦しいんやが、それが骨董いうもんの暗黙の決まりごとやと思うてる」

「……決まりごと」

「そうや。買《こ》うた物が、あとで偽物やったて判明しても『詐欺《さぎ》や、金返せ』言うて騒ぐのは恥の上塗《うわぬ》りや。真偽《しんぎ》をよう定められへんかったんは己の責任やさかいになぁ。世間様ではどうかは知らんが、それがわてのルールなんや。まあ、めったにないことやが、買《こ》うたもんが、反対にとんでもないお宝やったと、あとでわかる例もあるにはある。それが今回の話や」

「なるほど」

と、もも吉が頷く。

「たぶん父か、祖父がコレクションしていたもんやろう。それとも、父も祖父も、本の中にそんなお宝がはさんであったことを知らずに、どこぞから買《こ》うて来てそのままになっていたんかもしれへん。そやけど、すでに本の代金のやりとりは済んでます。『弥勒や』には、『いくらでもええ』と言うて本の束を預けてありました。それが十万円で売れた。そのうち、一万円はもう頂戴しております。すべてはもうわての手から離れている。そやからわてが、その切手を受け取るわけにはいきまへんのや」

頓風は思わぬ展開に困った。

これでは、このあとの計画がまる潰《つぶ》れだ。もも吉はというと、なぜか清々しい声で、

「かしこまりました。そう先方にはお伝えしまひょ」

と答えた。頓風が、

「そ、そ、そこをなんとか……」

と言いかけると、もも吉にキッと睨みつけられ、次の言葉が出なくなってしまった。これはやっかいなことになった。なんとか、朱音という秘書、いや京極社長を説得して儲けに繋げなくてはと思った。

もも吉は、「えらい難儀なことや」と頭を悩ませていた。

なんのことはない。岡崎の男爵と朱音。両人とも欲のない善人なのだ。

その二人の間で、お宝が宙ぶらりんになっている。本来なら、「わたしのものだ」と取り合いになってもおかしくないはず。現に「弥勒や」は、隙を見て一儲けしようと企《たくら》んでいるようだ。

さすがのもも吉も、困ってしまった。

その晩、またまたもも吉庵に、隠源と隠善に美都子、京極社長と朱音、そして頓風が集まった。もも吉が、男爵の骨董についての「決まりごと」を伝えた。

「どないや、朱音ちゃん。男爵はんの言わはることわかってくれるか？」

「はい、わかります」

「そうかそうか、そないしたら、この切手受け取ってな」

「ごめんなさい。お話はわかりますけど……それは受け取れません。申し訳ありませんが、やっぱりお返しいただけないでしょうか」

もも吉は、戸惑い、言葉を失った。京極社長が言う。

「もも吉お母さん、えろうご苦労なことやけど、もういっぺん男爵はんに頼んでもらえんやろか」

「難儀なことどすなぁ。こないなややこしいことに巻き込まれるとは……。仕方ありまへん。男爵はんとこもういっぺん行って、『受け取ってくらはるまで、ここ動きまへん』て言うて頼んできますわ」

隠源が、両手を法衣《ほうえ》の袂《たもと》に入れて言う。

「そやけど、なんやこないな世知辛《せちがら》い世の中にあって、救われる気がするわ」

隠善も、

「もも吉お母さんには申し訳ないけど、爽《さわ》やかな気持ちになります。なあ、美都子姉ちゃん」

と微笑む。

「ほんまやなぁ」

と、美都子が相槌《あいづち》を打ったその時、奥の間で電話が鳴った。

美都子が奥の間へ行き、ちょっとして、コードレスの受信器を持って戻ってきた。

「お母さん、岡崎の男爵はんからお電話どす」

「男爵はんからやて?」

もも吉は受信器を受け取った。

「はい、もも吉どす。お電話代わりました……。いいえ、難儀してます。へえ、みなさん揃うてます。へえ、へえ、……え⁉　今からどすか？　え⁇　なんやて、すぐ近くにいてはるて？」


それから、ものの十分も経たずに、男爵がもも吉庵にやって来た。

「ここへ来るんはどれだけぶりやろ、懐かしいなぁ」

「ようおこしやす、男爵はん。わざわざ……」

もも吉は、京極社長の隣の丸椅子に促した。

「どうぞ、かけておくれやす。今、お茶淹《い》れますさかい」

「いやいや、ももちゃん。気ぃ遣《づか》わんでもええ。お茶飲みに来たわけやないから」

男爵は、カウンターに座る全員に挨拶をしたあと、やさしい目つきで言った。

「朱音さんいうんはあんたやな」

「は、はい」

朱音は、男爵に見つめられて視線の行き場に戸惑っているようだ。

「今夜はたまたま商用で、『一力《いちりき》』さんとこで宴席がありましてなぁ。そやけど、朱音さんに受け取ってもらえたかどうかて、心配になりましてな。仕事の話してても気もそぞろや。そいで、ももちゃんに電話しましてなぁ。そないしたら、『難儀してます。今ここに朱音ちゃんがいます』て言うさかいに、飛んで来たいうわけや。ももちゃんを難儀な目ぇに合わせる娘《こ》は、いったいどないな顔してはるんか思うて。あんた、ほんまに欲がないんやなぁ」

朱音はポッと頬を赤らめて小さくなった。

そして、申し訳なさそうに言う。

「いいえ、わたしにも欲はあります。美味《おい》しいお饅頭《まんじゆう》もたくさん食べたいし、秘書検定も受かりたいし、お菓子の包装も上手になりたいし。でも、でも……」

「よっしゃ、それならええ考えがある」

「……」

「半々にしよか?」

「いいえ、それでもダメです」

朱音が、あまりにもきっぱりと即答したので、男爵は朱音の顔をまじまじと見つめた。腕組みをして、目を閉じる。どうやら、本当に困らせてしまったようだ。その原因が、朱音という若い女性であることに、もも吉は少し愉快な気分になった。

男爵が言う。

「大いに気に入りました」

「え?」

朱音の顔を見つめて言う。

「本当ならうちの孫の嫁にしたいところやが、あいにく息子の長男はもう結婚しておる。もしよければ、わての執事になってもらえませんかな。ついでに行儀見習いもして、しかるべきところ、そうや、宮家の……」

「あきまへん！」

と、男爵の言葉を遮ったのは京極社長だった。

「朱音君は、風神堂の将来を担う期待の社員です。それが仮に男爵はんやとしても彼女を手放すわけにはいきまへん」

「いや～そうでしょうなぁ」

と、男爵は頭をかいて謝った。そして、

「はぁ～それに比べて、うちの孫のつれ合いときたら……」

と、頓風を哀《あわ》れみの目で見つめた。頓風は、ばつの悪そうな顔をしている。

店内は、男爵の溜息が聞こえるほど、静まり返った。もも吉は一つ溜息をついたかと思うと、裾の乱れを整えて座り直した。背筋がスーッと伸びる。帯から扇を抜いたかと思うと、小膝をポンッと打った。ほんの小さな動作だったが、まるで歌舞伎役者が見得《みえ》を切るように見えた。

「あんた、もっとちゃんと襟正して生きなはれ！」

頓風が生唾《なまつば》を飲み込む音がした。

「ええどすか。こないな若い娘ですら、目の前のお金に飛びついたりせえへん。筋いうもんを通すことを大切にしてるんや。しっかりしなはれ」

「……」

何を思っているのやら、「弥勒や」は黙り込んでいる。

みんなが「弥勒や」を見つめる中、朱音が強い口調で声を上げた。

「違うんです！」

一斉に、朱音に視線が向けられた。

「なんや、朱音君、どないしたんや」

と、京極社長が心配そうにして声を掛ける。

「違うんです、そうじゃないんです。わたしは、もも吉お母さんに引き合いに出されるような立派な人間じゃないんです。ううん、恥ずかしい人間なんです」

「朱音君、なんや訳があるようやなぁ」

朱音は、言うか言わまいかと考えているかのように見えた。

「それは、それはお婆ちゃんが……天国のお婆ちゃんが悲しむから……」

朱音は、今にも泣き出しそうな瞳をしている。男爵が慌てて詫《わ》びた。

「かんにんな、あんたを困らせよう思うて来たんやないんや。そやけど、どないなことなんや、天国のお婆ちゃんが悲しむて」

「……ごめんなさい」

「謝らんでもええ」

朱音はみんなの視線を受けて、ぽつりぽつりと話を始めた。

それは朱音が、小学二年生の時のことだという。

父親を早くに亡くし、母親が仕事を掛け持ちして働いて、家族を養ってくれていた。その頃、クラスで、アニメのキャラクターカードを集めるのが流行《はや》った。駄菓子屋で三十円のクッキーを買うと、袋の中に一枚カードが入っている。欲しいのは、主役のプリンセスだ。要するに「くじ」になっていて、子どもたちは、当たりのプリンセス欲しさに何個も買うのだ。

でも、お小遣いはお婆ちゃんがたまにくれる五十円だけ。たいていの子は、一度にいくつも買った。親に、箱ごと買ってもらう子もいた。朱音は、お小遣いをもらうたびに駄菓子屋に出掛けた。でも、何回買っても脇役のカードしか出てこない。

ある日、お婆ちゃんが部屋のゴミ箱で見つけたクッキーを手にして言った。

「このお菓子、もったいないからお婆ちゃんがもらって食べてもいいかな？」

クッキーは美味しくないので食べなかった。そのうち、湿気てしまったので、こっそりゴミ箱に捨てたのだ。朱音は後ろめたい気持ちでいっぱいになった。それでも、食べもしないクッキーを買い続けた。

　そんなある日のことだった。給食の時間、クラスの男の子が近づいてきて言った。

「斉藤んちのお婆ちゃん、駅前のスーパーで見たぞ」

「え？」

　朱音は最初、何を言っているのかわからなかった。

「男の人のトイレで這《は》いつくばって、掃除してたぞ。おしっことかいっぱい床にこぼれてるのゴシゴシやってた。臭《く》っせーよなあ」

　母親が仕事の休みが取れなくて、授業参観にお婆ちゃんが代わりに来てくれたことがある。それで顔を覚えていたのだという。朱音は恥ずかしくなった。お婆ちゃんもパートで働いていることは知っていたが、まさかトイレ掃除をしているとは思わなかった。女の子の友達が、男の子に、

「いいじゃないの、掃除も大切な仕事よ」

と、言い返してくれた。でも、「恥ずかしい」という思いは心から消えなかった。

　学校の帰り道、少しだけ遠回りをして駅前のスーパーに行ってみた。

　でも、スーパーの入口で足が固まり、動けなくなってしまった。お婆ちゃんが、這いつくばって男の人がこぼしたおしっこを拭いているシーンが目に浮かんだの

だ。

その時、店の中から、お婆ちゃんがレジ袋を手にして出てきた。お婆ちゃんの笑顔を見たとたん、朱音は眼から涙があふれてきた。

「どうしたんだい、朱音」

「あ～ん、お婆ちゃ～ん」

朱音は、声を上げて泣きじゃくった。お婆ちゃんは、自動販売機の前のベンチに座らせ、朱音の話を聞いてくれた。朱音は、クラスの男の子から聞いた話をそのましゃべった。すると、お婆ちゃんは、

「朱音は、お婆ちゃんがトイレ掃除をするのは嫌かい？」

と尋ねた。それに答えることができないでいると、微笑んでこう言った。

「実はね、お婆ちゃんも人の汚したトイレなんて掃除するのは嫌だったんだよ。でもね、うちはお父さんもいなくなって、食べて行けなくなってしまっただろう。だから、お婆ちゃんも少しでも働かなきゃってね。でも、こんなお婆ちゃん、なかなか雇ってくれるところがなくて。好きとか嫌いとか言ってられなくなったんだよ。でもね、朱音。始めてみてすぐにわかったことがあってね」

「……何？」

「誰かがやらなきゃいけない仕事だろ。それならわたしが一生懸命にやらせてもら

おうって思ったんだよ。そしたらね、きれいになるのが楽しくなったんだよ」

「わたし、わたし、たいへんなことをしてしまったんだと思いました。お婆ちゃんが、トイレ掃除をしてもらったお金の中からくれたお小遣いなのに……それなのに……」

朱音は頰を伝う涙を手のひらで拭《ぬぐ》った。美都子が慌てて、ハンカチを差し出す。京極社長が、朱音に謝った。

「かんにんや、朱音君。辛《つら》い話、思い出させてしもうたなぁ」

「かんにんしてや。それにしても立派なお婆様やなあ」

と、男爵も朱音に頭を下げた。

「それで……わたしはもう二度と、くじは引かないと決めたんです。だから宝くじも」

一言もしゃべらず聞いていた「弥勒や」が嗚咽《おえつ》した。

「う、う……」

視線が「弥勒や」に集まる。

「一緒や……わたしと一緒や」

もも吉が、尋ねる。

「どないしたんや、急に泣き出して。何が一緒や言《ゆ》うんや」

「弥勒や」は、自分を抑えきれぬというように、肩を揺らして泣き始めた。

「わたしにも、可愛がってくれていたお婆ちゃ……祖母がいました。朱音さんと同じように、いつもお小遣いをくれました」

「弥勒や」もまた、手の甲で涙を拭うと幼い頃の話を始めた。


それは、中学の一年か二年の頃のことだという。

父親も母親もお小遣いをくれなかった。でも、友達と遊ぶにはお金がいる。ちょっと自転車で遠出をしても、途中、一人だけ何も買い食いしないわけにはいかない。子どもの世界にも、付き合いというものがある。もしそれに背《そむ》けば、誰からも誘われなくなる。

決して、お婆ちゃんにせびっていたわけではないが、家が近所なのでお小遣い欲しさに遊びに行っていた。ある時、「おや?」と気付いた。昨日、五百円もくれたばかりなのに、

「最近、お小遣いあげてへんねぇ」

と言い、また五百円くれたのだ。喉元《のどもと》まで「昨日もろうた……」と出かけたが、五百円欲しさに留《とど》まった。たまたま忘れているのに違いない。しかし、それは違っ

た。次の時も、また次の時にも同じことを言い、お小遣いをくれるのだ。

頓風は、そのお金で、アニメのキャラクターカードが入っているお菓子を買った。朱音と同じように、中学校で流行っていたのだ。戦闘物で、英雄ファイターが三十三人いた。そのファイターを全部集めた者は、クラスにまだ一人もいなかった。

頓風は、あと一枚ですべてが揃うところまできていた。その日、お婆ちゃんの家に上がるなり、思い切って言ってみた。

「最近、ちっともお小遣いくれへんなぁ」

言ってはみたものの、心臓が弾けそうなほどドキドキした。

すると、お婆ちゃんは、ちょっと考えたかと思うと、

「そやったか、かんにんやで。そないしたら、今までの分もいっぺんにあげよな」

と、お札を差し出した。

一万円だった。そんな大金を手にしたことはなく、受け取る時にドキドキしてしまった。その足でスーパーへ駆けると、お菓子を箱ごと買った。その中には、頓風が持っていなかった最後の一枚の英雄ファイターも入っていた。

ただ頓風は、心がもやもやするのを覚えた。罪悪感だ。しかし、それにあえて気付かぬように努め、何度も何度もお婆ちゃんを騙《だま》すようになった。

ある日、学校から帰ると、両親が家から飛び出してきた。

「どうしたん？」

と尋ねると、お婆ちゃんの家が火事になって消防車が来ているという。そのまま一緒にお婆ちゃんの家まで駆けた。

幸い、ボヤで収まり、すぐに消防車は帰って行った。お婆ちゃんにもケガはなかった。だが、たいへんな事実を両親は知ることとなる。水浸しになった路上に、寝間着のまま立ち尽くすお婆ちゃんが両親に言う。

「あら、こんなに大勢の人、どこぞでお祭りでもあるんやろか？」

すぐに病院に連れていくと、認知症と診断された。軽度なら、薬などの治療で進行を遅らせることもできる。しかし、かなり前から発症していた疑いがあると言う。何か兆候《ちょうこう》はなかったかと、担当医は両親に尋ねた。もちろん、首を横に振るしかない。

「勇一、お前気ぃ付かなんだか？　よう遊びに行ってたやろ」

と父親に尋ねられた。もちろん知っていた。知ってはいたが、言うわけにはいかない。頓風は、辛くてたまらなかった。でも、誰にもその辛さを話すことができない。

お婆ちゃんは、しばらくして施設に入居した。両親と一緒に面会に行くと、頓風を笑顔で迎えてくれた。そして、言った。

「さあさあ、お小遣いあげようね」

もちろん、断った。すると、父親が小声で、

「受け取ってあげなさい」

と囁いた。頓風はそれを受け取った。また一万円だった。翌日、学校の帰り道、クラスの友達を誘ってスーパーに寄った。

「みんな～おれがなんでも奢《おご》ってやるから、好きなだけ買ってええぞ」

早くその一万円を手放してしまいたかったのだ。

しばらくして、お婆ちゃんは肺炎に罹《かか》って天国に行ってしまった。


もも吉は、心がキリキリと痛んだ。

「弥勒や」も、誰にも言えない十字架を背負っていたのだ。しかしここで、甘いことを口にするわけにはいかない。こんな若い女の子でさえ、幼い頃の過ちを二度と繰り返さないようにしようと懸命に生きてるのだ、大の大人が、なにをしているのか。もも吉は、ひとこと、言ってやらねば、思った。

ところが、それよりも先に頓風は、天井を見上げて大声を発した。

「お婆ちゃん、かんにんや。ほんまにかんにんにんや」

眼からとめどなく涙が流れている。カウンターに、ぽつりぽつりと落ちて、カウンターの木目に沿ってにじんだ。もも吉が、ふと男爵を見ると、瞳が赤らんでいる。その男爵が、「弥勒や」にやさしく声を掛けた。

「もう大丈夫やな」

「弥勒や」が、しわがれた声で答える。

「恥ずかしい生き方をしてきました。今日から心を入れ替えます」

「そうか、そうか、それならよろし。わてはほんまは、真千代とお前を別れさそ思うてたんや。そやけど、その必要はなさそうやな。それにな……」

男爵が一つ間を置いて、ゆっくりとした口調で言った。

「真千代からさっき聞いたんやけどな、お前はまだ知らへんやろ？　なんや電話が繋がらんて言うてたさかい」

「……？」

「総合病院の産婦人科で診てもろうたんやそうや。おめでたやて、おめでた。そりゃあ、別れさすわけにはいかん」

「弥勒や」はポカンと口を開けている。

もも吉は、奥の間に戻り紅白の図柄の吟醸酒《ぎんじょうしゅ》を持ってきた。

「さあさあ、涙はもう終わりや。乾杯しまひょ」

もも吉は、そのあとも一仕事に付き合わされる羽目《はめ》になった。

男爵から、「この切手の使い道を考えてくれへんやろか？」と頼まれたのだ。

それも、「世の中の困っている人たちに役立つようなことに使《つこ》うて欲しいなあ」と言う。

そこで思い出したのが、隠源が住む所のない人たちを救いたいと話していたことだった。男爵に相談すると、「それはええことや」と快諾《かいだく》。早速、行きどころのない切手を現金に換えると、それを基にして「ホームレス支援基金」を設立した。


気付くと、もう来週には祇園祭が始まろうとしていた。

奥の間から、美都子の声が聞こえた。

「お母さん、ハガキ出すんやけど、切手どこに仕舞《しも》うてあるか知らへん？」

もも吉は、溜息まじりに呟《つぶや》いた。

「切手はもうこりごりや。二度と見とうない」

第四話　雷も　風も微笑む祇園祭

「来賓《らいひん》の皆様方は、どうぞ壇上《だんじょう》までお進みください」

白い大きなテント席に座っていたお歴々が立ち上がった。

京極光之助《きょうごくこうのすけ》は、さきほどから胸の高鳴りを抑えることができないでいる。自分にとって初めての、そして念願の大きなプロジェクトだ。それだけではない。大きな賭《か》けでもあった。

深く深呼吸をして、舞台に上がった。

司会を頼んだ地元テレビ局のアナウンサーが、高らかに発声した。

「それでは、ご準備よろしいでしょうか？
三、二、一！　……ハイ！　今、テープがカットされました。雷神堂宇治《らいじんどううじ》工場の完成です。おめでとうございます!!」
光之助は天を仰ぎ、この場に来られなかった父親に、さらにはご先祖様に誓った。

（これで「風神堂《ふうじんどう》」を打ち負かすことができます。どうか見守っていてください）

「雷神堂」は、安土桃山《あづちももやま》時代から続く京都の老舗《しにせ》和菓子店である。

京極光之助は、もうすぐ三十八歳になる。十七代目当主を襲名《しゅうめい》し、社長になって一年半が経つ。

「雷神堂」はただの饅頭屋《まんじゅうや》ではない。銘菓「風雷饅頭《ふうらい》」は進物の高級ブランドとして知られ、全国の大手百貨店にも出店している。黒糖羊羹《ようかん》を烏骨鶏《うこっけい》の卵をたっぷり練り込んだカステラ生地でサンドした逸品《いっぴん》。黒糖も卵も、契約農家との長い信頼があってこその商品だ。マッチ箱ほどの大きさで、高級ホテルのコーヒー一杯分の値段がする。

さらに、東京の日本橋《にほんばし》店に併設しているカフェはセレブ御用達《ごようたし》だ。

実は、ちょっとややこしいことがある。そっくりの菓子を売る会社があるのだ。

それは、「風神堂」だ。

我が「雷神堂」の「風雷饅頭」と、ライバルである「風神堂」の「風神雷神」は、材料も製法もまったく同じなのだ。それもそのはず、「雷神堂」と「風神堂」は元々、一つの店だった。創業者は、兄弟だったという。その後、兄弟は袂《たもと》を分かち、別の店を開いて、それぞれが「風雷饅頭」「風神雷神」という、味も形も同じお菓子を作り続けてきたのである。

なのに、我が社へ取材に訪れる者の多くは、「風雷饅頭」の方が美味しいのでファンだ、と臆面もなく言う。おべっかとわかっている。いや、ひょっとすると、味音痴で、本気で言っているのかもしれない。どちらにしても、悪い気はしない。

光之助は、一人っ子だ。幼い頃から「雷神堂」を継ぐ気でいた。小学二年生の時の作文で、すでに「ぼくは、『らいじんどう』の社長になります」と書いていた。

地元の私立の中高一貫校に進むと、クラスには同じように老舗の子弟が何人もいた。みんな口を揃えて、「古い考えのままでは、生き残れない」と言っていた。光之助は、それではどうしたらいいか、ずっと思案していた。

その末、経営の勉強を極めようと決めた。東京の大学を卒業後、ニューヨークに渡る。ＭＢＡを取得するためだ。優秀な成績を収めてビジネススクールを卒業。そのまま、アメリカのカフェチェーン、通販、子ども服メーカーなどさまざまな会社に勤めてスキルを磨いた。

そこで学んだのは、強い競争力の築き方である。例えば家電商品。ネットを開けば、同じテレビが価格順に表示される。同程度の商品なら、誰もが一番安いものを買う。つまり、一番しか生き残れないということになるからだ。

三十三歳で帰国した。父親は、小躍りして喜んでくれた。どうやら、このまま日本に帰って来ないのではないかと心配していたらしい。光之助は、アメリカでのすべてのことは家業を継ぐための修業と、覚悟を決めて渡航した。だから、自分に自信ができるまで帰らないと決めていたのだ。異国での生活や仕事は、苦労の連続にもかかわらず、「雷神堂」の十七代目を継ぐためだと思えばこそ、耐えることができた。

　父の意向で、すぐに取締役に就任した。

　まずは自ら進んで、現場を学んだ。新入社員と一緒に、店舗での接客、製造ライン、配送、そして営業と休日なしで働いた。

　社長の息子で、取締役の肩書きの者が職場にいたら、社員は働きにくかったに違いない。しかし、光之助はずっと年下のアルバイトにさえも、「こういう時には、どないしたらええんですか」と教えを請うた。それが信頼となり、一年も経たずに「跡継ぎさんは、腰の低いええ人や」と言われるまでになった。

　光之助は現場で様々な問題点が目に付いた。前例を重んじるあまり、非効率なことが多いのだ。「雷神堂」は、過去の遺産の上に胡坐《あぐら》をかいているように思えた。このままでは衰退してしまうのではないか。そんな危機感が募《つの》っていった。

　光之助は、改革案をまとめては社長である父親に提出した。

　社長は、すぐに目を通し、「ようでけとる」と言ってくれた。でも、「考えとこう」と言うだけで、企画書は抽斗《ひきだし》に仕舞われた。光之助は、それに懲《こ》りずに、様々な角度から改革案を練り、社長に提出し続けた。それでも、結果は同じだった。

帰国して三年目の春の事である。

朝食を食べ終えて席を立とうとすると、父親に呼び止められた。

「話がある。母さんにも相談済みや」

と言う。母親も広報担当として「雷神堂」の取締役をしていた。

「そろそろ、お前に社長を譲ろうと思う」

「え？」

さすがに光之助は驚いた。いつかは社長になる……という覚悟で励んできたが、こんなにも早くその日が来るとは思わなかった。改革の企画書を何度出しても、きちんとした返事さえもらえなかったからだ。ひょっとしたら、作り続けた改革案が認められたのかもしれない、と思うと嬉しかった。

「ええんか、俺、まだ三十六歳やで」

「たしかに年齢《とし》は若い思う。そやから、わてが会長になって社長業のイロハを指導しよう思うとる。どうや、やってくれるか？」

「はい、気張《きば》らせてもらいます」

光之助は、身の引き締まる思いがした。

と、同時に、頭の中で会社を改革していくことへの意欲が湧いてきた。

社長就任の手続きが終わった。

来週は、ホテルのホールを借りてのお披露目《ひろめ》パーティーだ。出社するなり、会長となった父親に呼ばれた。

「ちょっと話がある。大事な話やさかい、明日の晩あけておいてくれるか？」

「大事な話？　なんや他人行儀《ぎょうぎ》に。話なら今からでもここで聞くよ」

「話いうか、お前に会わせたいお人がおるんや」

光之助はハッとした。ひょっとして、お見合いではないか。今、付き合っている女性はいない。だが、今は仕事のことで頭がいっぱいだった。


翌日、祇園《ぎおん》へ連れて行かれた。

父親の後ろについていて、花見小路《はなみこうじ》を右へ左へと曲がると細い路地に入った。看板も何もない、一軒の町家の格子《こうし》の引き戸を開ける。すると、打ち水がなされてしっとりと光る飛び石が、奥へ奥へと連なっていた。上がり框《がまち》を上がり、襖《ふすま》を開ける。

店内はL字のカウンターに丸椅子《いす》が六つのみ。角の席には、猫が丸まって眠っている。その内側は畳敷きだ。

「ようおこしやす」

と、笑顔で出迎える正座の女性に、挨拶する。

「もも吉《きち》お母さん、ご無沙汰《ぶさた》してます」

「『雷神堂』さんも繁盛《はんじょう》で何よりどす」

続けて父親は、もも吉の隣に座る女性に、

「美都子さんも御活躍で」

と言うと、

「へえ、おかげさんどす」

と言い、お辞儀をして微笑んだ。

まるで映画女優のように美しく、光之助は視線を合わせただけで、胸が高鳴るのを覚えた。光之助は慌てて二人に、

「はじめまして、京極光之助と申します」

と言った。

「たんさんは、まだ来てはらへんみたいやなぁ」

「へえ、なんや急なお客様があったとかで、ちびっと遅れるそうどす」

「そうかぁ」

「もも吉」って？　……光之助は妙な名前だな、と思った。

細面《ほそおもて》に富士額《ふじびたい》。歳は六十そこそこだろうか。いや、黒髪のせいで若く見えるだ

けかもしれない。ひょっとしたら案外、古希《こき》に近いのかもしれないと思った。

父親が言う「会わせたい人」というのは、美都子のことなのだろうか。まさか、本当にお見合い？　それとも、遅れて来るという「たんさん」なる人物のことか。

光之助は、促《うなが》されるまま父親の隣に座った。

「こちらが『雷神堂』さん自慢のぼんやね。あんさんより男前やなぁ」

「それはよけいや。そやけどお座敷で遊んだら芸舞妓《げいまいこ》らにはもてるやろうなぁ」

「よろしゅうお願いします」

光之助は、カウンターに頭が付くほどに深くお辞儀をした。

「今、麩《ふ》もちぜんざい拵《こさ》えますさかいに、お茶飲《ぶ》んで待っといておくれやす。美都子も手伝うてくれるか」

「へえ、お母さん」

と美都子が答えると、二人は奥の間に去った。

父親の話では、ここは元々お茶屋で、もも吉はその女将《おかみ》をしていた。しかし何やら訳があり、今は衣替えして甘味処「もも吉庵《あん》」を営んでいるという。

もも吉の娘の美都子は、昼間はタクシードライバー、夜は芸妓をしていると聞き、驚いてしまった。

「昔はよう、ここで遊んだもんや」

「え！　おやじが？」

「何を驚いた顔してるんや。お座敷で大きな商《あきな》いがまとまることはいくらでもある。いや、お座敷で胸襟《きょうきん》開いて遊んだお人とは、生涯信頼し合えたりするもんや」

光之助の学んだアメリカのビジネススクールでは、接待とか饗応《きょうおう》を好ましいことは捉《とら》えていなかった。むしろ排除すべきとさえ言う教授もいる。そんなことにお金を使うのは無駄。能率・効率を徹底させるべきだと教えられてきた。

父親は、話を続けた。

「わてが今もここへ来るんは、訳があるんや」

「訳て？」

「もも吉お母さんは、祇園生まれの祇園育ち。十五で舞妓になってから半世紀以上も、いろんな苦労を乗り越えて気張ってはるお人や。その経験を活かして、悩める人の相談に乗ってはるんや。花街《かがい》の人たちだけやない。京都を訪れる旅のお人にも手ぇを差し伸べたことがあるて耳にしたことがある」

「ひょっとして、おやじもなんか？」

「そうや、わしも何度か世話になってる。誰にも相談でけへん悩み抱えてどうしようもない時、もも吉お母さんに話を聞いてもらうんや。いつもなぁ、ほんま的確なアドバイスをもろうて、どれほど救われたことか……」

「知らんかった……おやじが、悩むことがあるやなんて」

「社長いうんは孤独な職業なんや。もしも、もしもや、『雷神堂』が潰《つぶ》れたらどないなる？　社員やその家族、取引先にまで迷惑をかけてしまう。責任重大や。それを思うと夜も眠れへんようになるんや」

光之助は、反射的に口に出た。

「まさか！」

「何がまさかや。その『まさか』が起きるんが人生や。うちも蛤《はまぐり》御門《ごもん》の変《へん》では丸焼けになったて聞いてる。先の大戦では砂糖が手に入らんで長く店を閉めるしかなかった。人生には『まさか』いうことが、ほんまに起きてしまうもんやと思うとかなあかん」

光之助は、正直なところピンとこなかった。父親の言うことは歴史上の事実ではあるが、現代で同じことが起こるとは考えられないからだ。

「そやからもしも、お前がどうにもならん壁に当たった時、ここへ来てもも吉お母さんに相談したらええ。きっと、道が開けるはずや」

光之助は、父親の熱の籠《こ》もった言葉ではあったが、

「わかったよ、そうするよ」

と、軽く受け流した。

人生には、坂が三つあるという。上り坂、下り坂……そして「まさか」の坂。この時、光之助は、このすぐあと、その「まさか」が起こるとは思ってもみなかった。


「それはそうとなぁ」

「なんや、まだあるんか」

「いや、これからが本題や。将来、社長を引き継ぐに際して、お前に言うておかなあかんことがある。そのために、今日はもう一人紹介したいんや」

光之助は、普段とは違って厳しい顔つきの父親の物言いに、ただ頷《うなず》いた。

「それはなぁ、『雷神堂』の代々の当主から当主へと、直接に申し継がれてきたことや。まあ、一子相伝《いっしそうでん》の陰の家訓いうもんかな」

「え⁉　陰の家訓やて？　……そんなん聞いたことないで」

「当たり前や、なんちゅうても陰なんやから。ただ、わて一人やのうて一緒に……」

そこへ、もも吉と美都子が、奥の間から戻ってきた。もも吉がお盆から清水焼《きよみずやき》の茶碗《ちゃわん》を手に取り、父親に差し出す。

「なんや、難しそうな話してますなぁ。まずは、麩もちぜんざい食べて、それからにしなはれ」

父親は、

「そうやそうや。冷《さ》めんうちに、頂戴します」

と言い、両手を伸ばした。ところが……。

ガチャンッ！

茶碗がカウンターに落ちた。

ぜんざいが、辺《あた》りに飛び散る。

「かんにんかんにん、お母さん。取り損なってしもうた。急に目眩《めまい》がして……」

そう言い、父親は失態におろおろする。

「うっ」

父親は、口に手を当てた。

「どないしたんや、おやじ」

と、光之助が言うと同時に、父親の身体がグラリと後ろに傾いた。

「京極はん！」

光之助が支える間もなく、そのまま父親は、椅子から転げ落ちた。

「おやじ！　おやじ！」

すぐさま美都子が救急車を呼んでくれ、院長がもも吉の知り合いだという総合病院へ搬送してもらった。すぐに検査。診断は、くも膜下出血とのことだった。緊急手術を行い、執刀医からは成功したので命の危険はないと言われた。

だが、意識が戻らない。

七日が経った。母親は、ずっと付き添っているのでふらふらだ。「お医者さんと看護師さんに任せよう」と強く説得し、母親に精神安定剤を処方してもらい家に連れ帰って身体を休ませた。

さらに、一か月、二か月と時が経った。

あちらこちらの神社に詣《もう》でて、ただただ回復を祈った。

心配で心配で、仕事が手につかない。そんな中、担当医師から、

「お気の毒ですが、意識が戻る可能性は、かなり低いものと思われます。もちろん、希望はありますが」

と言われ、目の前が真っ暗になった。

光之助は覚悟を決めた。悲しんでばかりはいられない。仕事の課題は次々と押し寄せてくる。辛《つら》い気持ちをエネルギーに置き換えた。新米社長とはいえ、自分がこの「雷神堂」の船長なのだ。その舵取《かじと》りによって、もっと売上を伸ばすのだ。ゆくゆくは、ライバルの「風神堂」を打ち負かす。さらに相手の経営が苦しくなったと

ころを、吸収合併してしまうのだ。

光之助は、自らを鼓舞《こぶ》して将来の構想を描き、悲しみを打ち消そうと努めた。

その最初の一手が、経営の効率化だ。

「雷神堂」には、主力商品が三つある。一つは、創業時からの名物の「風雷饅頭」。二つ目が、生菓子と羊羹。そして、三つ目は、干菓子や、湯を注《そそ》ぐと出来上がる葛《くず》湯《ゆ》やお汁粉《しるこ》だ。これらは別々の三か所の工場で製造していた。ところが、それぞれが京都市内の離れたところに位置しており、観光シーズンには車が渋滞してしまい、しばしば他府県への配送が遅れた。

そこで、それらの工場を一か所にまとめて、効率化をはかることを決めた。急ぎ土地を探し、図面を引き、突貫工事で完成させた。それが、宇治川河畔《かはん》の「雷神堂宇治工場」だ。

すぐ近くに、京滋《けいじ》バイパスの宇治東《うじひがし》インターチェンジがある。ここから全国の百貨店に、一般道の渋滞を回避して配送することが可能になる。時間は金だ。また、何よりも一か所に集約することで、経費のコストダウンも図れる。

ただ光之助は、心の奥底に後ろめたいものが潜んでいることに気付いていた。父親の許可なく、大きな改革を実行してしまったからだ。しかし、明日にでも目を覚ましてくれたら、きっと喜んでくれるに違いない。自分にそう強く言い聞かせた。

若王子美沙《わかおうじみさ》は、安土桃山時代創業の老舗和菓子店「風神堂」の社員だ。高卒だが、努力を積み重ねてきた成果が認められ、南座《みなみざ》前《まえ》店の副店長を拝命している。さらに、次は店長にという噂《うわさ》もチラホラ耳に入っている。

仕事に対するモットーは、「笑顔でテキパキ」と「能率効率」だ。その二つを、スタッフ全員に周知させた。それが実を結んだのか、売上も伸びている。なんとかしてもっと目に見える実績を積み、早く店長になるのが夢だ。

そんな中、今年も祇園祭が近づいてきた。その実績を上げるチャンスがやって来たのである。というのは、毎年、祇園祭の期間中に「祇園競《きそ》い」という催《もよお》しが、ライバルの「雷神堂」との間で開催されるからだ。

なんでも、「風神堂」と「雷神堂」の創業者は兄弟だったらしい。それは、遥《はる》か昔、安土桃山時代のことだ。その後、家が二つに分かれた。以後、それぞれが「風神雷神」「風雷饅頭」という、味も形もそっくりなお菓子を作り続けている。

祇園祭というと、前祭《さきまつり》と後祭《あとまつり》の山鉾巡行《やまほこじゅんこう》のお祭だとイメージする人が多い。テレビのニュースのせいだろう。だが、実際の祇園祭の神事・行事は、七月一日、長刀鉾町《なぎなたほこちょう》の町内役員が稚児《ちご》や禿《かむろ》と共に八坂《やさか》神社に参拝し、祭礼の無事を祈願する

「長刀鉾町お千度《せんど》」から始まり、七月三十一日の疫神社夏越祭《えきじんじゃなごしさい》までの一か月間続く。

その一か月の間に、「風神堂」南座前店と「雷神堂」四条大橋店《しじょうおおはし》の二つの店で、「風神雷神」と「風雷饅頭」の売り上げた数を競うのである。両店は、四条大橋をはさんで睨《にら》みあうようにしてかまえている、毎夜八時になると、その日の売上個数を小さな短冊に記し、それぞれの店が軒先にひそかに貼り付ける。

双方の社員は、ライバルの店の前で短冊が貼り出されるのをじっと待つ。昔は、その数を確認すると、走って知らせに行ったという。ちょうど四条大橋の上で、社員同士がすれ違う。それが、毎夜、毎夜と繰り返され、「勝ってるぞ」「ああ、追い越された」などと一喜一憂する。

八月の一日になると、「今年は、『風神堂』さんが勝たはったそうやなぁ」とか「『雷神堂』さん、三連覇や」などと、人々が口にする。

実は、「祇園競い」という名前は、誰が名付けたのかわからない。巷《ちまた》でそう呼ばれるうちに、「風神堂」と「雷神堂」の社員もそう呼ぶようになったのだ。この「祇園競い」のせいもあり、両社は仲が悪いと噂されている。

さて、去年も一昨年も、僅《わず》かの差で「風神堂」は負けてしまった。

若王子は大いに責任を感じている。なんとしても今年は勝たねばならない。

若王子は七月一日、店の奥の休憩室《きゆうけいしつ》で、朝礼の際、こんなことを話した。

「ええか、みんな。我が社の社是をもう一度よう見てみてほしいんや。『切磋琢磨《せつさたくま》』や。ええか、ライバルの『雷神堂』と競い合ういうことは、自分を向上させる言《ゆ》うことや。勝つ言《ゆ》うことは己を磨くことでもある。みんなで頑張ろな」

するとスタッフの、

「ハイッ」

という快い返事が、一斉に部屋に響いた。若王子は、今年こそ勝てると確信した。


若王子は、本人にも他のスタッフにも言いはしないが、二年続けての敗因は、本社から繁忙時に応援に来る、社長秘書の斉藤朱音《さいとうあかね》のせいだと考えていた。とにかく動作がのろい。商品の包装も碌《ろく》にできず、みんなの足を引っ張ってしまう。朱音は、若王子とは正反対の「非効率」人間で、いつもイライラとさせられていた。

それだけならまだしも、「おせっかい」の度が過ぎるのだ。

「なんでまたあの娘が来るんや」と、若王子は溜息《ためいき》をついた。

今日も、忙しさがピークとなる午後三時過ぎ、朱音がお客様と長～いおしゃべりをしているのが目に留まった。相手がお客様なだけに、目の前で注意するわけにもいかない。

若王子はスス－ッと近くに寄り、朱音とお客様の会話を盗み聞きした。

「ねえねえ店員さん、『風神雷神』と『風雷饅頭』って、味はどう違うのかしら」

朱音が答える。

「ある人は、『雷神堂』の方が美味しいとか、またある人はうちの店の方が美味しいとおっしゃられます。わたしも食べ比べしてみましたが、違いはわかりませんでした」

「そうなんだ」

「そこの四条大橋を渡ったところに、『雷神堂』さんのお店があります。そちらも買って、食べ比べされてはいかがでしょう」

「それはいいわね。家族でやってみようかしら」

若王子はそれを聞いて、腰が抜けそうになってしまった。ライバルの商品を勧めるとは何事だ。ましてや今は、「祇園競い」の真っ最中である。お客様が帰られたあと、朱音を奥の方へと呼びつけた。

「あんたなあ、どういうつもりや？」

朱音は、キョトンとしている。

「一個でも多く売らんとあかん時に、なんで敵に塩を送るんや」

「え……敵って？」

「『雷神堂』のことに決まってるやないの」

朱音は、首を傾《かし》げて言う。

「『雷神堂』さんは敵なんですか？」

「あ～あ、もういやや。あんたときたら、何考えてるんや！　ええか、今年こそ勝とうとして、みんなで頑張ってるんやないか。もう～胃が痛《いと》うなるわ」

「はあ」

それでも朱音は、ポカンとして首を傾げる。若王子は、つい声を荒らげてしまった。

「勝つんや！　勝たなあかんのや!!　もっとしっかりしい」

その時だった。後ろから声が聞こえた。

「副店長、どないしたんや、大きな声出して」

振り返ると、社長の京極丹衛門《きょうごくたんえもん》が立っていた。若王子はハッとして、腰を折るようにして頭を下げた。

「すみません。ついイライラしてしもうて……」

「まあ、わからんでもない」

「え？」

叱られると思いきや、意外な言葉が返ってきて驚いてしまった。

「君はテキパキ、ササーッて何でも物事を素早く片付けてしまうのが特技や。それに比べて、朱音君はなぁ」

そう言い、京極社長は朱音の方を見た。すると、朱音は、

「すみません、わたしノロマで……」

と言い、いかにも申し訳なさそうな顔をした。

「ええんや、それが朱音君の取り柄や。二人とも、ええもん持ってて優秀や」

若王子は、なんと答えていいのかわからなくなってしまった。

「そやけどなぁ、ちょっと聞き逃《のが》すことのでけへんことが一つあるんや」

若王子は、身を縮ませて京極社長を見た。

「さっきからな、なんべんも『勝つ』『勝つ』て言うてたなぁ。そやけど、そんなに勝つことにこだわらんでもええ」

「え？　勝つことに意味が……」

「そりゃあ負けるよりも勝つ方がええかもしれへん。ただ、『祇園競い』は祇園祭の風物詩みたいなもんや。お祭なんやさかい、肩の力抜いて、楽しんだらええんや。勝負は時の運。結果は神のみぞ知るや」

若王子の顔つきが、いかにも不服そうに見えたらしい。

「わかってくれたか？」

そのまま、

「はい」

と返事をすればよかったものの、つい本音が出てしまった。

「一致団結して、『雷神堂』に勝とうとしているんです。ライバルに負けたら、悔《くや》しいです。勝つことの何があかんのでしょう」

京極社長は、腕組みをして考え込んでしまった。よほど腹を立てているのかもしれない。取り返しのつかない余計なことを言ってしまったと、若王子は後悔した。

「若王子君」

「は、はい」

若王子は、背筋を伸ばした。

「今夜、仕事が終わったら時間はあるかね」

「はい、今日は早番なので、四時過ぎには退社します。そのあとは特に……」

「それではちょっと付き合《お》うてほしいところがあるんや」

「え？　付き合うって……」

「仕事が終わる頃迎えに来るさかいにな。……あっ、あかん、会議に遅れてしまうわ」

京極社長は若王子が返事をする前に、裏口から足早に出て行ってしまった。

昼間は、めまいがするほどの炎天だったのに、急に黒雲が空を覆《おお》った。かと思うと、サーッと生ぬるい風が祇園界隈《かいわい》を抜けていく。ぽつりぽつりと来たかと思ったら、あっという間に土砂降りになった。

京極丹衛門と若王子美沙は、ギリギリセーフで濡《ぬ》れずにもも吉庵に滑り込んだ。

「大丈夫どしたか？」

「ええ、傘なしで出て来たさかい、駆けて来ました。もも吉お母さん、今日はうちのエース連れて来ました。南座前店の副店長の若王子君です」

丹衛門は、有無を言わさず若王子をもも吉庵へと連れて来た。エースと紹介されたせいか、若王子の頰がポッと赤らんだ。

「それはそれは、ようおこしやす。もも吉どす」

もも吉の着物は水玉模様の縦の絽《ろ》で、黒の絽の染め帯に金魚の柄。それに水色の帯締めをしており、いかにも涼しげだ。

「うちは、娘の美都子《みつこ》どす」

カウンターの向こうの畳の上で、二人が手をついてお辞儀をした。

若王子は、襖を閉めるのも忘れ、ボーッとして立ち尽くしている。四条通の雑踏と比べると、ここはまるで異次元の世界だ。若王子が戸惑うのも当然だ。

「そんなところで何してるんや、若王子君。ここ座り」

「あ、はい」

丹衛門は、若王子を隣の椅子に促した。奥には、既《すで》に顔馴染みの先客が来ていた。

「こちらは、建仁寺塔頭《けんにんじたっちゅう》・満福院《まんぷくいん》の隠源《いんげん》和尚さんと、副住職の隠善《いんぜん》さんや」

「ほほう、あんたが風神堂さんのエースかいな。よろしゅう」

「隠善です、どうぞよろしゅう」

彼女は、将来を期待している社員だ。向上心があり、チームをまとめる能力にも長《た》けている。しかし、上昇志向が強いあまりに、勝ち負けにこだわり過ぎるのだ。結果を求めすぎると、働くうえで「大切なこと」を見失う恐れがある。かといって、ストレートに指導しても伝わるものではない。

そこで、困った時のもも吉だ。先々、どのようになるかわからないが、一度、もも吉に若王子を紹介しておこうと考えたのである。

「ここはな、もも吉庵いうて麩もちぜんざい食べさせてくれるところや」

「甘いもん屋さんですか……」

「うん、そうとも言えるし、そうでないとも言える。もも吉お母さんはな、元々この祇園で芸妓をしてはったんや。その後、代々のお茶屋を継がはってな、いろいろあって今は甘味処やってはるんや。そやけど、この店には看板も何もあらへん。お茶屋と同じ、一見《いちげん》さんお断りや。それでもお客さんがやって来るんや」

「なんでです？」

　若王子は不思議そうな顔つきをしている。隠源が、代わりに説明してくれた。

「このばあさんな」

「誰がばあさんやて、じいさん」

　もも吉が、眉を吊《つ》り上げて隠源を睨む。隠源は、ヒョイッと首を引っ込める仕草《しぐさ》をしたものの、話をそのまま続ける。

「まあええがな、ばあさん」

　若王子が二人のやりとりを見て、くすりと笑った。

「悩み事のある人が、密《ひそ》かにもも吉に相談に来はるんや。それが知らん間に評判になってなぁ。行列こそでけへんけど、ひっきりなしなんや」

「そないな大袈裟《おおげさ》な」

　と、もも吉が首を小さく横に振った。隠源が続けて言う。

「ところで……ええっと、若王子さん言うたか」

「は、はい」

「今もあんたらが来るまで、みんなで話してたんや。他でもない、『祇園競い』のことや。どないや、『風神堂』さんは、今年は勝てそうかいな」

「はい、絶対勝ちます。『雷神堂』さんを打ち負かすんが目標ですから、そのために切磋琢磨してます！」

そう即答する若王子に、美都子が、

「なんや頼もしいお人どすなぁ」

と笑った。隠源が今しがたとは打って変わり、真面目な顔つきで切り出した。

「ところで……『風神堂』さんの社是は、たしか『切磋琢磨』やったなあ」

「はい、その通りです」

若王子は、「なぜそんなことを知っているのだろう」という顔をしている。

「あんた、それがどないな意味か知ってはるか？」

「もちろんです。ライバルと競争し合って、自分を磨き上げていくいう意味です」

「うん、そうやな、おうてる。そやけど少し足らへん」

「え⁉」

隠源は、懐からスマホを取り出して右手に掲げた。

「これで辞書引いてみぃ」

丹衛門は心の中で、ニヤリとした。ここへ来る前に、こっそり隠源に電話をして、「切磋琢磨」の真意を若王子に教えてくれるように頼んであるのだ。

若王子は、すぐにバッグからスマホを取り出して検索する。

「出ました。ええっと……切磋琢磨。『学問や人徳をよりいっそう磨き上げること。また、友人同士が互いに励まし合い競争し合って、共に向上すること』って……」

「あれ？　おかしいなて思わへんか？　若王子さん」

「はい……『競争し合って』の前に、『励まし合い』て書いてあります」

「そうや、競うのはええ。己も高めることに繋がる。そやけど、励まし合うことが大切なんや。聞きにくいこと聞くけど、かんにんしてな、若王子さん」

「な、なんでしょう」

若王子は緊張し、背筋を伸ばして椅子に直角に腰掛けている。

「勝ちたい、勝ちたいいう思いが募《つの》るうち、知らん間に『雷神堂』さんに不幸なことが起きたらええのに、なんて一瞬でも思うたことがあるんやないか？」

若王子の顔からスーッと血の気が引いた。どう答えていいのか、考えている様子だ。図星《ずぼし》だったのかもしれない。美都子が、気の毒そうな顔で言う。

「隠源さん、それは可哀《かわい》そうな質問や」

するると、若王子が口を開いた。

「あ、いいんです、美都子さん。うち、恥ずかしいです……ちらりとやけど、そういう良うないことが頭をよぎったことがあります。実は昨日も……『雷神堂』の四条大橋店さんの前を通る時、『火事で焼けてしまわへんやろか。ボヤでもええ。そないしたら、うちの店が勝つのに』て、呟《つぶや》いてしまったんです」

「あんた素直で正直なお人やなぁ」

と、隠源が苦笑いした。

「でも、でも、そんなこと考えちゃいけないって、すぐに頭から振り払いました。昔から、言霊《ことだま》って言うやないですか。言葉にしたことは、ええことも悪いこともほんまになるて。そやから、怖くなってしもうて」

丹衛門は、ここだと判断し、若王子に言う。

「もうわかったやろ。仕事いうんは、相手を倒すことやない。ましてや、不幸を願うことでもない。互いに幸せになるんを目指すんもんや。そやけど最近は、目先の勝ち負けだけ重きにした考え方が広まってる。余所《よそ》の国から入ってきた考え方や」

もも吉が、丹衛門に言う。

「もうこのお人はわかってはる。そのくらいにしといてあげなはれ」

若王子は、こくりと頷いた。隠源が、急に口調を変えてもも吉にねだった。

「ばあさん、話は済んださかい、麩もちぜんざい食べさせてぇな」

「へえへえ、じいさん。かしこまりました」

もも吉は、支度がしてあったらしく、すぐに奥の間からお盆を持って現れた。

「もうムシムシ暑うてかなわんさかい、こないなもん拵《こさ》えてみました」

それぞれの前に置かれたのは、透明なガラスの器だ。それには川の流れのように真っ青な線が何本も入っている。

「ぜんざいの上にかき氷が載ってるやつや。前にもあったなぁ」

と言う隠源が、まるで子どものように、一番に木匙《きさじ》を手にした。

「まあ、食べてみておくれやす」

「あっ、サイダーや。三ツ矢サイダーやないか」

「ようわかりましたなぁ。三ツ矢サイダー凍らして作ったかき氷、ぜんざいの上にポンッて載せましたんや。麩もちも、しばらくサイダーに漬けておいたんどす」

丹衛門も、思わず、

「これはええ。なんや懐《なつ》かしい思いがするんはなんでやろなぁ」

「ほんまや、ほんまや」

「美味しいなぁ」

と、誰もがはしゃいで口にした。

その時だった。

丹衛門の胸ポケットのスマホがけたたましく鳴った。いつものメールの着信音ではない。緊急速報だ。取り出して画面を見るよりも先に、隠善と若王子、美都子のスマホも鳴った。隠善が、声を上げた。

「あっ、京都南部に大雨警報が出たで」

もも吉が心配そうに、

「なんやて、どのへんなんや」

と、美都子のスマホをのぞき込む。

「宇治川があふれそうなんやて」

祇園祭の頃は、ちょうど梅雨《つゆ》の末期に当たる。近年、局地的な集中豪雨による災害が多い。続けて丹衛門を始めみんなのスマホが一斉に鳴った。

「また緊急速報や……あっ、宇治川が決壊《けっかい》したて!」

と美都子が叫んだ。もも吉が、

「それはえらいことや、そうやそうやテレビのニュース見てくるわ」

と言うと、隠源が、

「わても見たいさかい、上がらせてもらうな」

と言うと、結局、全員が奥の間へと上がった。

テレビのニュースは、宇治川河畔を映していた。若い男性アナウンサーが、ヘルメットにレインコート姿で画面に現れた。

「現場です。上流から流れてくる雨で、極めて水嵩《みずかさ》を増やしていた宇治川が決壊しました。まだ被害は確認できておりませんが、住宅や田畑、一部の工場が水に浸かっております。すでに、自衛隊に災害派遣が要請されました」

そこで画面が切り替わった。河川に沿った道路が、封鎖されている。バリケード前では、警察官が三人、赤い棒を手にして通せんぼをしていた。ときおりやってくる車を、Uターンさせている。そんな中、一台の車が止まった。そして、一人の男性が降りた。何か叫んでいるようだ。カメラがすぐそばまで近づいた。

「通してくれ～お願いや」

「ここは通行止めです」

男は、諦めようとしない。

「行かせてくれ～」

警官と押し問答になった。警官らの隙間をすり抜け、バリケードを越えようとしたところを羽交《はが》い絞《じ》めにされて阻止された。

男は、その場にぺたんと座り込んだ。

その顔がアップになった。

丹衛門が声を上げた。

「光之助さんや。『雷神堂』の光之助さんや」

カメラマンとアナウンサーが光之助に近づく。警官の一人が叫んだ。

「この先は、すべて浸水しています。危険ですから入れません！」

「工場が……うちの工場が……入れてくれ〜」

マイクから、光之助の悲愴な叫び声が聞こえてきた。

「ああ〜、ああ〜もう終わりや。全部無《の》うなってしもうた〜」

丹衛門が若王子を見ると、ぶるぶると身体が震えている。

「うちのせいや……うちが火事で燃えてしもうたらええなんて言うたせいや」

もも吉が、若王子を抱きしめた。

「そないなことない。気にしたらあかん」

「そやけど、そやけど……」

丹衛門も、

「ただの偶然や。自分を責めたらあかん」

と慰めつつ、「雷神堂」を襲った不幸に心を痛めた。

若王子の背中を、もも吉はやさしくさすり続けた。

光之助は、絶望の淵《ふち》にいた。

何度も死にたいと思った。

宇治川の橋から飛び降りようとした。でも、できなかった。

幸いなことに、出勤していた社員は全員無事であることが確認できた。避難指示が出た時点で、工場長が製造ライン停止を命じ、みんなを帰宅させてくれていたからだ。

光之助は、眠る間もなく事後処理に追われた。疲れて横たわっても、眠ることができない。忙しいことにかえって救われた。

水が引くと、工場への立ち入りが許された。僅《わず》かな期待を寄せてはいたが、一歩中に入ったとたん、溜息が出た。泥だらけで異臭が漂う製造ラインはすべて汚水に浸かって動かない。もし再稼働するなら、すべて機械を買い替えなければならないだろう。

それよりも前に、内部の清掃、除菌のために多額の費用がかかる。考えるだけで目眩がした。

既存の三つの工場は、すでに売却済みだ。商品を作る場所がなくなってしまった。銀行から多額の借り入れをして、一気に全国の百貨店やショッピングモールに店舗を増設していた。計画通りにいけば、今期の売上は倍増するはずだった。

取引先の銀行を回った。再建の資金を調達するためである。

しかしいずれも良い返事はもらえない。それどころか、「現在の借入金の返済はどうされるのですか」と言われてムッとした。まあ、相手の立場からすれば、当然だろう。

仕入先にも現状の説明に出向いた。どこも同情的だった。なにしろ長い付き合いなのだ。売上の柱である「風雷饅頭」だけでも製造できないかと思った。砂糖、小麦粉、卵、小豆《あずき》、澱粉《でんぷん》……各業者に、半月分だけでも仕入れさせてほしいと懇願《こんがん》した。

「それで、どこで作らはるんどすか?」

と切り返された。答えられずに黙っていると、言いにくそうに尋ねられた。

「あのう、うちの支払いは、どないなるんですやろ」

月末には、資金繰りがショートすることは明らかだ。

各店に保管してある商品在庫は、まもなく無くなる。賞味期限の短い菓子は、とうに店頭から消えている。光之助は涙ながらに苦渋の決断をした。

祇園祭の前祭のハイライト、山鉾巡行が行われる七月十七日に、すべての店舗を閉鎖する。工場が浸水したのが七月一日。それからまだ十日というのに……。

こんなことになってしまい、もう生きているわけにはいかない。

ふらふらと、町を彷徨《さまよ》った。

気が付くと、四条通に出ていた。

目の前では、「鉾建《ほこた》て」が始まっていた。函谷鉾《かんこほこ》である。光之助は、この世でやり残したことがないかと考えた。母親の顔と、寝たきりの父親の顔が思い浮かんだ。

「かんにんな、おとうちゃん、おかあちゃん」

道行く人の視線は鉾に向けられ、光之助の涙に気付く者は一人もなかった。


丹衛門は、居ても立ってもいられず、「雷神堂」に光之助の母親を訪ねた。光之助は、三日前から家に帰っていないという。

「うちの人は意識が戻らんままやし、なんでこないなことが続くんやろ……」

そう言い、泣き崩れた。丹衛門には慰める言葉もない。母親が涙声で言う。

「『雷神堂』が潰《つぶ》れてしもうてもかましまへん。そやけど、光之助にもしものことがあったら……」

「とにかく、光之助さんが帰ってきたら、私まで連絡してください」

それだけ言い、母親の手をしばし強く握った。

その足で、もも吉庵を訪ね、もも吉に力になってもらえるよう懇願した。

「わたしが『風神堂』の十八代目を引き継いだ時、父親がバブルで投資した時の借金で首が回らんようになってしもうてた。何度も逃げ出したい思う。それこそ死んでしまおうか、とまで考えました。今、生きていられるのは、雷神堂さんのおかげや。なんとか光之助さんを救わなあかん思うてます」

「うちもその時のこと、よう覚えてます。一緒に探しまひょ」

もも吉は、美都子の手も借りて、四方八方手を尽くして探してくれた。しかし、光之助は見つからない。丹衛門は、ただただ、光之助の無事を祈った。


梅雨が明けた。

今日は祇園祭の前祭、宵山《よいやま》だ。

あと二時間もすると、四条烏丸《しじょうからすま》を中心にして歩行者天国になり、山や鉾を見物する人々で、びっしりと埋め尽くされるはずだ。

光之助は病院へ、寝たきりの父親に会いに行った。母親の姿はなかった。そっと父親の手を握り、話しかけた。

「なあ、おやじ。たいへんなことになってしもうた……」

もちろん答えてはくれない。

今もまだ、自分が立てた計画が間違っていたとは思えない。問題なのは、予想外の天災が起きたことだ。

「え⁉」

父親の手が動いたような気がした。

顔を見るが、瞳を閉じたままで変わらない。

「え⁉」

まただ。間違いない。光之助の手を父親が握り返してきた。急いで、ナースコールを押した。看護師に今起きたことを話すと、すぐに担当医を呼んできてくれた。光之助と同じように、父親の手を握ってテストする。瞳を開けて瞳孔を確認した。

「残念ですが、変化はありませんね。失礼や思いますが、気のせいかと思います」

「そんな……たしかに……」

「かなりお疲れのようにお見受けします。この前の豪雨で、あなたの会社の工場が被害に遭《あ》ったという話、聞いています。いや、なんと申し上げたらいいのか。私はあなたの身体《からだ》が心配で……。もしよければ一度、検査されませんか？」

「おおきに。考えときます」

医師は、一礼して病室から出て行った。医師の言う事が正しいに違いない。何日も寝ていないのだから、幻覚や幻聴が起きても不思議ではないはずだ。

「え⁉」

父親の声が、どこからか聞こえてきた気がした。父親に顔を近づける。

「おやじ、今、なんか言うたんか？」

父親の顔をまじまじと見つめるが眠ったままだ。

「困った時の、もも吉お母さんや」

「なんやて⁉　……もも吉お母さんやて？」

再び、父親の顔を見るがピクリとも動かない。でも、たしかに聞こえた。そうだ、そうだった。あの日、父親がもも吉庵に連れて行ってくれたのには、何か大切な話があったからだ。

天の声……？　まさか⁉　それでも光之助は、それが父親のメッセージだと信じた。どうせ他に頼れるところはない。死ぬ前に、訪ねてみようと思った。

光之助は、何度も小路を行ったりきたりしていた。

もも吉庵の前に立ち、格子戸を開けようとするものの、その勇気がない。あの日、父親が倒れた日。わけもわからず連れて来られた店だ。父親は、こう言った。

「その『まさか』いうことが起きるんが人生や」

そして、

「もしも、お前がどうにもならん壁に当たった時、ここへ来てもも吉お母さんに相談したらええ。きっと、道が開けるはずや」

と。小路の塀にもたれて、そんなことを思い出していると、後ろから声がした。

「『雷神堂』さん？」

振り返ると、見覚えのある顔があった。

「美都子どす。うちのこと覚えてはりますか？」

覚えているに決まっている。こんな美しい女性はなかなかいない。今日は、普段着をまとっている。紺のサブリナパンツに、ゆったりとした白いブラウスだ。

「もちろんです」

「このへんにどなたかお知り合いでもいてはるんどすか？」

「は、はい……実は、もも吉お母さんの麩もちぜんざいが食べたくなってしまって。でもお店がどこか思い出せなくて」

美都子は、パッと目を輝かせた。

「うちもちょうど帰るところどす。きっとお母さん、喜ばはるわ」

美都子は、目の前の格子戸を開けて、飛び石の上を軽快に歩いていく。光之助は、一歩踏み出すのをためらった。美都子が振り返る。

「何してはるんどす？」

「はい、今、行きます」

光之助は、覚悟を決めて上がり框を上がった。

もも吉は、光之助の顔を見ても、驚いたような表情は見せなかった。

「ようおこしやす」

「ごぶさたしています」

「もう一年……半も経ちますかいな。あの時はうちも慌ててしもうて」

「は、はい。父がたいへんお世話になりました」

あの日、ここで、父親は倒れたのだ。それ以来、もも吉庵を訪れるのは初めてだ。

もも吉が院長と親しいからと、総合病院へ搬送するように救急隊員に頼んでくれた。もし、運ばれた他の病院で「手いっぱい」だと断られていたら、手遅れになっていたかもしれない。

それだけではない。もも吉は、あとから病院へ駆け付けてくれ、手術が終わるまで待合室で「どうか無事でありますように」と祈ってくれた。さらに、八坂神社《やさかじんじゃ》さんで授与《じゅよ》してもらった病気平癒《へいゆ》のお守りを、父親の病室まで届けてくれた。

それなのに、碌《ろく》にお礼もしていないことに今さらながら気付いた。光之助は、

「ほんま、あの時はありがとうございました」

と深々と頭を下げた。

L字型のカウンターの角の席にいた猫が起き上がり、光之助に近付いて鳴いた。

「ミァ〜ウ」

「なんやカバンの中が気になるようどすなぁ。ひょっとして、『風雷饅頭』でも入ってるんと違いますか？　おジャコちゃん言うんやけど、大の好物なんどす」

「え！　猫が？　……そんな贅沢《ぜいたく》な」

光之助は、カバンから「風雷饅頭」を一つ取り出して、おジャコちゃんに与えた。

「そうそう、急なことやからちょっと時間がかかるかもしれへんけど、麩もちぜんざい食べていっておくれやす。あの日、あんなことが起きなんだら、お父様と一緒に食べてもろうてたはずや」

「はい、ぜひご馳走《ちそう》になります」

供された麩もちぜんざいは絶品だった。もしも、このあと、命を絶つとすると、これが最後の晩餐《ばんさん》ということになる。それが、寿司でもすき焼きでもなく、ぜんざ

いであることが、おかしくて苦笑いした。いかにも甘いもんを扱う菓子屋らしくていいではないか。

「お代わり、どうどすか？」

「はい、いただきます」

ここまで来て遠慮することはないと思った。光之助は、ぜんざいを食べたせいか、心がやわらかくなったような気がした。すると、自然と心のうちを吐露《とろ》していた。

「十七代続いた店を潰してしまいました。どう責任を取ったらええんでしょう」

もも吉に相談したところで何ともなるはずがないことはわかっている。いっそ、「お金を貸してください」と言ってみようか。億単位の金額を、もも吉が用立てできるはずがないのを承知で。

もも吉が答える前に、
ガラガラッ！

と、表の格子戸が開く音がした。続けて、飛び石をコツコツと歩く音が聞こえた。

「ああ、来はりました」

もも吉は、光之助に微笑んだ。

「え……誰が？」

店の襖が開くと、長身の男が現れた。白い短髪のオールバック。この猛暑の中にもかかわらず、ネクタイをして、手には上着を持っている。

「もも吉お母さん、遅《おそ》うなりました」

「急なことやったのに、かんにんどすえ」

光之助は、ハッとした。目の前に立っているのは、「風神堂」の京極丹衛門社長ではないか。何度か、会合などで会ったことがある。「雷神堂」のライバルだ。その人がなぜ、ここに現れるのだ。もも吉の言いようでは、偶然ではないらしい。

「うちが、さっき、奥の間から電話して、来てもろうたんどす」

「なんやて⁉」

光之助は、怒りが湧きそうになるのを必死に抑えた。丹衛門が、にこやかに声を掛けてきた。

「心配しておりましたんや。たいへんな目に遭いましたなぁ」

「……」

「とにかく、ずっと以前からお話がしたいと思うておりました」

話がしたいだと？　いったいたい何の話をするというのだ。光之助は、心の奥底に沈めていた本音がつい口に出た。

「『風神堂』さん、わたしのこと、嘲《あざけ》り笑うために来はったんですか！」

「そんなつもりは……」

丹衛門は顔をこわばらせた。

「それに、もも吉お母さんもなんや！　俺を嵌《は》めたんやな!!　二人して、宇治川が決壊して工場が泥水に浸かったんを笑いたいんやろ」

もも吉は、怒るかと思いきや、なぜか悲しげな表情で光之助を見つめている。丹衛門の方は、もも吉よりもさらに暗い瞳をしていた。光之助は嘆いた。

「もし、あないに雨が降らなんだら……雨さえ降らなんだら……今頃は……」

すると今の今まで穏やかだった、もも吉の眼差《まなざ》しが一変した。

その唇が、キュッと一文字になる。光之助は、もも吉の眼に瞳を捉えられ動けなくなった。

もも吉は、一つ溜息をついたかと思うと、裾の乱れを整えて座り直した。背筋がスーッと伸びる。帯から扇を抜いたかと思うと、小膝をポンッと打った。ほんの小さな動作だったが、まるで歌舞伎役者が見得《みえ》を切るように見えた。

「あんさん、間違《まちご》うてます」

「え？」

光之助は腹が立った。何が違っているというのか。

「目先の利益ばかり追いかける者は、まさかの時に痛い目に遭うものどす」

「痛い目だって？」

「うちはあんさんのお父さんと、長い間、親しゅうさせてもろうてます。それだけやない。亡くなりはったお爺様は、うちのお座敷のご贔屓《ひいき》さんやった」

「な、なんですか……それがどないしたていうんや」

「よう耳を凝《こ》らして聞きなはれ。『雷神堂』さんの工場は、宇治川のところに新しい工場作る前は、三つありましたなぁ。どちらどしたかいな」

何を言いたいのか想像もつかなかったが、光之助はもも吉の問いに答えた。

「……本能寺《ほんのうじ》さんの近くと、二条城の裏手、それにもう一つは山科《やましな》や」

「なんでそないにバラバラなところに工場を作らはったんやろ」

丹衛門が、ここで口をはさんだ。

「実は、『風神堂』の工場も同じなんや。うちは、烏丸五条《からすまごじょう》と、北大路《きたおおじ》、それに伏見稲荷《ふしみいなり》の近くや。そう、バラバラなんや」

もも吉が、再び話を続ける。

「あんさんのお父さんと、お爺さんのお二人から、何べんも聞かされてた話があるんどす。それは、『どんど焼け』や。もちろん、知ってはるな」

――もちろんだ。

幕末に、長州藩《ちょうしゅうはん》が京都に出兵した際、会津《あいづ》藩、薩摩《さつま》藩の藩兵らとの戦いに破れた。蛤御門の変だ。その際、京の町は焼け野原になった。その火災は「どんどん焼け広がった」ことから、「どんど焼け」と呼ばれた。

「『雷神堂』さんも『風神堂』さんも、そんとき被害に遭《お》うたそうや。京都ではそれ以前にも、宝永《ほうえい》の大火、天明《てんめい》の大火と三度の大火事があった。それだけやない。鴨川《かもがわ》は暴れ川で、平安京が遷都《せんと》されてからず～っと洪水ばかりもたらしてきたんや。災害の町と言ってもええ。そこで、あんさんのご先祖さんは考えはった。一か所の蔵や作業場に材料を集めるんやのうて、何か所かにばらけさせたんや。その考えが今も生きていて、工場があちらこちらに分けてある、て言うてはった。そういう災害への智慧《ちえ》が、『雷神堂』さんと『風神堂』さんの両家を四百年以上も繁盛し続けて来られた元となったんやな。ここまで言うたら、もうわからはるやろ」

光之助は、愕然《がくぜん》として言葉が出なかった。

その程度の京都の歴史は知っている。しかし、それは大昔のことで、今の世の中では関係ない、起こるはずがないと思っていた。それが……それが……。

「今回……まさかが、起きてしもうた」

光之助は、肩を落として吐息のように呟《つぶや》いた。もも吉が言う。

「そういうことや。あんさんがたいへんな目に遭《お》うたんは、宇治川の洪水いう災害のせいではないんや。ええどすか、もしもの時のためにばらけさせてた三か所の工場を、わざわざ一つにまとめよう思うたことが原因なんや」

「……」

「なんでそないなことしたんや？」

光之助は、口にしたくはなかったが、答えるしかなかった。

「……能率・効率を高めて……売上伸ばそう思うて……」

「そういうことや。うちが言うた、目先の利益言うんはそういうことなんや」

返す言葉を失った。しかし、今さら、すべてを失った者を責めてどうだというのだ。光之助は、吐き捨てるように言った。

「愚かな跡継ぎやと、バカにしたいんやろ。それで、『風神堂』さんを呼んで、一緒に笑ってやろういうわけか。ええよええよ、どうせもう人生終わりなんや……」

「光之助さん」

と、丹衛門に名前を呼ばれた。まんじりと眼を見つめられた。どうしたことか、丹衛門の瞳は温かで穏やかに見える。包み込まれるようなやさしさだ。光之助は、抗《あらが》うことができず、素直に返事をしてしまった。

「はい」

「光之助さん、一つお願いがあるんや」

お願い？　……今の自分に、何ができるというのか。

「うちの『風神雷神』を作っている烏丸五条の工場の、製造ラインの半分を『雷神堂』さんに使《つこ》うてもらいたいんや。名前が違うだけで、まったく同じ材料で、同じお菓子やさかい、うちの工場でも『風雷饅頭』を作ることができる。どないやろう」

「……？」

光之助は戸惑った。たしかに「使うてもらいたい」と聞こえた。

「狭いようやったら、うちの『風神雷神』の生産量を減らしてもかまへん」

「そ、そ、そんなアホな。なんでそんなことを……冗談で言うてはるんやろ？　一瞬、かついでおいて、あとで笑《わろ》うてやろうて……」

「本気で言うてます。どうか、うちの工場を使うてください！」

丹衛門は、深々と頭を下げた。光之助には、それでも冗談としか思えない。いや、本当はこちらから「お願いします」と土下座をしてでも頼みたいところなのだ。そんな上手い話があるわけがない。なのに、なぜ、なぜ……。

その時、もも吉が顔を上げて、耳を澄ます仕草《しぐさ》をした。

「丹衛門はん。来はったみたいや」

「おお、そうか」

表の格子戸が、ガラリと開く音がした。トントンッと、飛び石を歩く靴の音がする。しばらくして、店の襖が開いた。

「ようおこしやす」

「もも吉お母さん、先日はお世話になりました」

「やあ、若王子君、仕事でお疲れのところ申し訳ないなぁ」

「いいえ、社長。お役に立てるならうれしいです」

「ここ、座りなはれ」

丹衛門は、若王子と呼んだ女性を光之助の隣の椅子に座らせた。

「光之助さん、こちらは若王子君や。うちの南座前店の副店長をしてもろうてる」

若王子が、光之助に一礼した。

「実はな、光之助さん。この若王子君は、以前、烏丸五条工場で『風神雷神』を作ってくれてたことがあるんや。そん時は、たしか班長やったな」

「はい。『風神雷神』製造ラインの責任者を務めさせてもろうてました」

ハキハキとした口調の女性だ。会ってほんの僅《わず》かの時間しか経たないのに、光之助はなぜかこの女性と波長が合うような気がした。

「若王子君、光之助さんがわたしのお願いをなかなか信じてくれへんのや。君の口から言うてもらえんやろか」

「はい、かしこまりました。そやけど社長。それは当然や思います。うちも最初は、耳を疑いました。社長はどうかしてしまわれたんやないかて」

そう言うと、若王子は光之助に顔を向けた。

「うちは今度、臨時で烏丸五条工場の副工場長を拝命しました。『雷神堂』さんの『風雷饅頭』と、うちの『風神雷神』の両方を作るための調整役です。『雷神堂』さんの社員さんは、勝手がわからない他人とこの工場で働くんは気苦労が絶えんと思うんです。うちの社員と、上手く、一緒に、助け合《お》うてやっていけるようにするんが、うちの役目です。どないな無理でも申し付けてください。自分とこの工場やと思うて遠慮のう使《つこ》うてください」

（あかん……あかん……ほんまやった）

光之助は、両目に涙があふれてきた。手の甲で拭《ぬぐ》うが、次々と湧き出てくる。

さらに、若王子が言う。

「材料はとりあえず、うちの倉庫にあるんを使うてください。支払いはゆくゆく、『雷神堂』さんが立ち直らはってからでええです。これが上手くいったら、次は北大路工場と伏見稲荷工場でも他のお菓子を作れるように手配進めさせてもらいます……社長、それでよろしいですよね」

「もちろんや」

「な、なんで、こんな愚か者《もん》を助けてくれるんですか？」

光之助は涙が止まらない。若王子が、

「罪滅ぼしです」

と答えた。

「え？　罪滅ぼし？」

「その訳言うのだけは、どうか、かんにんしてください」

と、深々と頭を下げた。

「そのことはええ、ただの偶然やから気にせんでもええ」

と、丹衛門が若王子を手で制した。何やら、事情があるらしいが問うのを止めた。

丹衛門が光之助に向き直る。

「一年半ほど前のこと、覚えてはるか？」

「え？」

「このもも吉庵へ、光之助さんが初めて来た時のことや。そうや、お父さんがくも膜下出血で倒れられた日や。実は、あの日わたしは、君と君のお父さんに会うため、もも吉庵に向かってたんや」

「なんですって！」

「ところが、着いてみると格子戸に鍵がかかって入られへん。もも吉お母さんに連絡が取れたんは、その晩遅うになってからやった。あの日、お父さんと一緒に、君に大切な話をすることになってたんや」

「大切な話？」

「そうや、大切な話や。『雷神堂』にはな、代々家を継ぐ者だけが教えられる一子相伝の家訓があるんや。光之助君が『雷神堂』を継ぐことになったさかい、その家訓をわたしと君のお父さんの口から、君に伝えるはずやったんや」

光之助は、あまりの意外な言葉に驚くばかりだった。

「そやけど、それならうちの父親が教えてくれればええ。なんで『風神堂』さんが関係あるんですか」

「それはなぁ……オホンッ」

丹衛門は、一つ咳払《せきばら》いをして背筋を正した。

「『風神堂』と『雷神堂』の家訓は、まったく同じもんやからや。世間様は、我々はライバルで仲が良うないもんと噂してはるらしい。その方が面白いさかいになぁ。そやけど、『雷神堂』と『風神堂』の社員がケンカしたとか、悪口言い合ったりしたとかいう話は、聞いたことないやろ。たしかに、『祇園競い』では今日はなんぼ売ったて騒いでるけど、それだけのことや」

「そ、それで家訓いうんは……」

光之助は、思いもしなかった丹衛門の話に引き込まれた。

「『競いて、助け合うべし』……や」

「え？　助け合うやて」

「そうや、競うだけやない。助け合うんや。そこが肝心なところなんや」

光之助は丹衛門の言わんとするところが、まったく理解できなかった。丹衛門は、話を続ける。

「安土桃山時代のことや。地方豪族《ごうぞく》の流れをくむ兄弟が、京の都で菓子屋を開いた。京極丹衛門と光之助や。二人は、工夫と研鑽《けんさん》の末に、頬が落ちそうなほどの美味しい菓子を生み出した。それはやがて千利休《せんのりきゅう》のお眼鏡にかない、太閤秀吉《たいこうひでよし》公の茶会にも納めるいう栄誉《えいよ》を賜《たまわ》った。その後、公家《くげ》や大名が茶事の菓子にと求めに訪れ、大きな財を成したんや。ここまでは、光之助君も知ってはるなぁ」

「……はい」

「丹衛門と光之助の二人は、使い切れぬほどの金銀を手にして遊興三昧《ゆうきょうざんまい》の毎日を送ったという。それを見ていた年老いた父親は心配した。このままでは、息子二人は儲けに胡坐《あぐら》をかいていてあかんようになってしまうて。金が無いのは困るが、あり過ぎるのも怖い。そこでや。二人を呼びよせ、家を二つに分かつことを命じたそうや。一つは『風神堂』、もう一つは『雷神堂』や。なんでそないなことをしたのか。もうわかるな。『雷神堂』の社是であると同時に『風神堂』の社是や。君のところの休憩室にも額が掲げてあるやろ」

光之助は、唖然《あぜん》とした。

よく目にしている額に、そんな謂《いわ》れがあったとは今の今まで知らなかった。

「切磋琢磨ですね」

「そうや。若王子君、その意味、言うてみてくれるか？」

「はい。学問や人徳をよりいっそう磨き上げること。また、友人同士が互いに励まし合い競争し合って、共に向上することです」

「うん、ようでけたな。『風神堂』と『雷神堂』、それぞれが切磋琢磨して、長く長く家を繁栄させる。それが創業者兄弟のお父さんの智慧《ちえ》やった。そのおかげで、われわれは四百年余りも菓子を作り続けていられるというわけや」

光之助は、なんと自分が小さな人間なのかと、猛省しうつむいた。

「光之助さん、なんも恥ずかしいことはないんやで。少し、わたしの恥ずかしい話をさせてもらおうかな。わたしが社長になった当時の話や。亡くなった父親がバブルの頃に作った借金の山があった。身売りするか、それとも破産の申し立てをして

『風神堂』を店仕舞いするか。悩んで悩んで、もう幾晩も眠れん日が続いた」

「そんなことが……知りませんでした」

「昔の話や。一等地にある自宅も売り払い、家族四人で二間のアパートに引っ越した。そん時や、君のお爺さんが声を掛けてくれたんや。代々引き継がれてきた書画骨董《こっとう》を、えろう高値で引き取ってくれたんや。それは形だけの担保《たんぽ》に過ぎず、要するに『風神堂』を助けるための融資《ゆうし》みたいなもんやった」

もも吉が、懐かしげに話す。

「あん時はたいへんどしたなぁ。京極社長はん、鴨川に身ぃ投げるんやないかて、花街《かがい》のみんなで見張ってましたんや」

「そんなことが……」

光之助は、急に丹衛門に親しみを抱いてしまった。

「ええか、光之助さん。こういうように、我々は助け合《お》うて商《あきな》いしてきたんや。なんも遠慮することないんやで」

「……はい、有難くご厚意を受けさせていただきます」

光之助は立ち上がり、腰を折って深く頭を下げた。

話を聞いていた若王子が顔を赤らめ、怖る怖るという口調で丹衛門に尋ねた。

「社長しか知らない一子相伝の家訓を、うちが聞いてしもうてええんでしょうか。もも吉お母さんはともかくとして……」

「うん、ええんや。そのつもりで君にも聞いてもろうたんや」

と微笑む。

「『競いて、助け合うべし』。なんも特別なことやあらへん。切磋琢磨が、励まし合ういうことやから、その一歩先を行くいう程度のことや」

もも吉が言う。

「それはええことどすなぁ。オリンピックの格闘技でも、勝ったお人が負けて泣いてはるお人の前でガッツポーズ取らはると、うちはなんや心ん中がもやもやしますんや。勝った、負けたて、最近の風潮に嫌気が差してたところどす。『競いて、助け合うべし』。なんや気持ちええどすなぁ」

光之助のスマホが鳴った。

「あっ、失礼します」

手にすると、母親からだった。

「光一《こういち》、光一！」

母親は、今でも襲名した光之助ではなく、幼い頃からの名前で呼ぶ。

「お父さんがね……」

「どうしたんや！　お父さんがどうかしたんか？」

「お父さん、お父さん……目ぇ開《あ》いたんよ」

「え！」

「指も少しやけど動いたんよ。お医者様は、奇跡やて言うてはる」

光之助は、力が抜けてカウンターに突っ伏した。

「ううう……」

丹衛門が尋ねる。

「どないしはったんですか？　大丈夫ですか？」

「おやじが……おやじが……目ぇ覚ましたて」

光之助は、ウォンウォンと声を上げて泣いた。

もも吉と丹衛門が光之助の手を取り、強く握った。

「ようおましたなぁ」

「よかった、よかった〜」

明日は、祇園祭の前祭のハイライト、山鉾巡行だ。

八坂神社のご祭神のご加護《かご》があったに違いない。

光之助の心の中に、幼い頃から慣れ親しむ祇園囃子《ばやし》が鳴り響いていた。

コンコンチキチン　コンチキチン♪
コンコンチキチン　コンチキチン♪

第五話　炎天に願いを掛ける稲荷《いなり》山《やま》

コトンッ！

大船茂市《おおふなもいち》は、自動販売機からペットボトルの水を取り出した。

汗で指が滑り、栓《せん》を開けるのももどかしい。

コホンッ。

一気に流し込む。

「ハア〜」

コホンッ、コホンッ。コホンッ！

少し生き返ったかと思ったら、空咳《からせき》が止まらなくなってしまった。

照りつける太陽。

アスファルトの照り返し。

陽炎《かげろう》で目の前の景色が揺《ゆ》れている。

東北の漁村育ちで、真夏でもこんな暑さは経験したことがない。もうすぐお盆だ。となれば、故郷では朝夕、はっきりと秋の気配《けはい》を感じることができるというのに。

シャツの胸ポケットには、これから訪ねる場所の名前と電話番号のメモが記されている。祇園甲部《ぎおんこうぶ》の屋形《やかた》「浜《はま》ふく」だ。舞妓《まいこ》や芸妓《げいこ》を抱える置屋《おきや》のことを、祇園では屋形と呼ぶらしい。そこでかつての教え子の姉が、舞妓をしているという。数日前、電話をして、訪問する旨《むね》を伝えてあった。女将《おかみ》は、

「えろう細い路地《ろうじ》にあるさかいに、初めての方にはわかりにくい思います。四条《しじょう》大橋《おおはし》を渡らはって、八坂《やさか》さんの方へ歩いて来はると右側に『一力《いちりき》』いう朱《あか》い壁《かべ》の大きなお茶屋がありますさかい、その前から電話しておくれやす。うちがお迎えにあがりますさかい」

と、気遣いしてくれた。

最初、聞いた時にはびっくりした。舞妓なんて、遠い世界のこと。テレビでしか見たことがない。東北の鄙《ひな》びた村の女の子が、そんなに易々《やすやす》となれるものなのだろうか。しきたりは？　お金は？　染みついた東北弁はどうするのか。何よりも、身寄りのない十代の女の子が、誰一人知らない街で暮らすのは、きっと不安だったに違いない。

茂市は、今年、五十五歳になる。

教員になって三十年だ。しかし、その半分以上は非正規雇用の講師だった。

小学生の頃、身体《からだ》が弱かった。すぐに風邪をひくし、熱を出した。一度ひくと、なかなか治らない。いつも顔色が悪く、しばしば貧血で倒れた。学校も休みがちだ

と勉強も遅れる。それだけで、いじめの対象となるには十分な理由だった。

「あいつ、変《おが》な病気《びょうぎ》なんでねーのが？」

そんな噂《うわさ》が広まり、クラスメイトは誰も近付こうとしなかった。給食当番は、みんなで交代でする決まりになっていたが、茂市だけははずされた。

それで、学校が嫌いになった。それでも、行かないと母親に怒られた。もちろん、いじめに遭っていることは家では黙っていたので、勉強が苦手でサボりたいだけなのだと思われていたに違いない。

そんな茂市にやさしくしてくれたのが、小学四年生の時の担任の田村《たむら》先生だった。東京の私立の女子大を出て、地元に戻ってきたばかりの新任教諭《きょうゆ》だ。高校・大学と体操の選手をしていたといい、体育の時間にはバク転をしてみせてくれた。

「鉄棒にはコツがあるのよ」と、誰にもわかりやすく教えてくれたおかげで、クラスの全員が、あっという間に逆上がりができるようになった。

茂市は、どこのグループにも入れてもらえず、一人で給食を食べていた。すると、田村先生は、茂市の隣に給食のトレイと椅子《いす》を持ってきて一緒に食べ始めた。最初は、クラスのみんなは奇異《きい》な目で見ていた。でも、人気者の先生だ。茂市のことをうらやましく思っていたのだろう。

ある日、田村先生が、すぐ近くのグループの子たちに、

「一緒に食べる?」

と言った。すると、たちまち、その子らが机をワーッと移動させて、茂市と先生の机にくっつけた。茂市は、その日から、そのグループの一員になった。

茂市は思った。まるで魔法だ。いじめたり、のけ者にすることを叱ったりするわけではない。なのに、いつの間にか、茂市へのいじめがなくなった。

茂市は、成長するうちに、田村先生の存在が心の中で大きくなっていくことに気付いた。いじめられている子、身体の弱い子を守ってやりたい。田村先生みたいになりたい。そしていつしか、小学校の教員になるのが夢になった。

だが、小学校での勉強の遅れは、そのまま中学、高校へと繋《つな》がる。茂市が通っていた高校は、県内で最も偏差値が低かった。今から思うと恥ずかしくて仕方がないのだが、高校生なのに、九九は三の段で既にあやふや。アルファベットは最後まで言えないし、漢字の読み書きは小学生レベルなのだ。

にもかかわらず、高校二年の三学期に、「大学の教育学部へ行きたい」と言い出した時には、担任の先生も両親もびっくりした。

最初は、冗談だと思ったのだろう。その成績で大学受験なんてとんでもない。母親から、「地元の漁協が人手不足で困っているからどう?」と、就職を勧められていた。しかし茂市は本気で勉強に打ち込もうと決めた。教科書を広げる。ところが、どこがどうわからないのか、それすらわからないくらい勉強ができなかった。それを応援してくれたのは、父親である。

「こごがら始《はず》めでみろ」

と言い、目の前に出されたのは小学校の教科書だった。親にもバカにされたと思った。だが、いざ、やってみると算数の問題が解けないのだ。必死になって、分数から勉強した。次が中学の教科書。「やる気」というのは恐ろしいものだと、自分でも驚いた。スポンジが水を吸い取るように、頭に入っていくのだ。

何より、「田村先生みたいになりたい」という思いが、夢の実現への努力を継続させた。その甲斐《かい》あって合格……というわけにはいかなかった。でも父親は、すぐそばで茂市の様子を見ていた。きっと「本気度」が伝わっていたのだろう。「受かるまで諦めるな」と言ってくれた。

そのおかげで、三浪して目標の大学の教育学部に合格した。両親は大喜びしてくれた。母親は、

「おらいのバガ息子が学校《ガッコ》の先生だどよ」

と、近所に自慢して回った。しかし、本当の苦難は始まったばかり。教員免許は取ったものの、教員採用試験に受からないのだ。ものすごい競争率で、茂市は一次試験すら通らない。とりあえず、非正規の講師として一年更新で小学校の教壇に立

った。それでも、子どもたちに教えることができて嬉《うれ》しくて仕方がなかった。

田村先生のように、いじめられていたり、身体の弱い子に、特に声をかけるように心掛けた。しかし、子どもの信頼を得るには相当な時間を要することがわかった。せっかく、心打ち解け合ったかと思うと……講師の契約を打ち切られて辞めなくてはならなかった。

茂市は猛烈に勉強した。二年、三年と続けて不合格。さすがに落ち込み、それ以降、受験を断念した。だが、講師の薄給では自活もままならない。勤めながら親に寄生するような生活を送っていた。しかしこれでは将来、好きな人ができても、結婚すらできない。ちらりと転職を考え始めていた時のこと、夕食の際に父親に諭《さと》された。

「お前《め》の夢は、そんなもんだったのがぁ。三浪もさせで無駄だったなや」

この一言で、再び心に火が点《つ》いた。九九すら満足に言えなかった自分を、大学にまで行かせてくれた父親。その父親を、悲しませたくなかった。再び、茂市は、猛烈に勉強を始めた。

次の年も、また次の年も不合格。それでもめげず、講師を続けながら勉強した。そして、採用試験の年齢制限ぎりぎりの三十九歳の時、ようやく合格通知を手にすることができた。茂市は、前年に亡くなった父親の仏前に、教員試験合格者に自分の名前が載った新聞を供えた。

臥薪嘗胆《がしんしょうたん》、苦労して教員試験に合格したということで、保護者からの信頼が厚くなった。教える内容は同じなのに、立場というものがどれほど世間では大きな意味を持つものかと、改めて思い知った。

茂市は進んで問題のあるクラスの担任を引き受けた。新たな赴任校で、養護の先生と付き合うようになり、翌年、結婚した。母親が「何よりお父さんが喜んでるわよ」と、結婚式の披露宴では父親の席を設け遺影をテーブルに置いて二人で並んで座った。

子どもも生まれた。女の子だ。幸せな日々が、続いた。

だが、それは、「あの日」が東北に訪れたことで一変した。


「あれが南座がぁ〜。とすっと……」

茂一は、左手をかざして南座を見上げた。

コホンッ、コホンッ。

「うっ」

急に吐き気を催《もよお》した。

次に目眩《めまい》に襲われた。

立っていられない。しかし、しゃがむのもたいへんなほどの人通りだ。信号が青になるのを待って我慢していたら、目の前が真っ白になった。

「キャー！」

若い女性の叫び声が聞こえたあと、茂市は意識が無くなった。


「ま、ま、待ってえなぁ」

と、声を上げたのは建仁寺《けんにんじ》塔頭《たっちゅう》・満福院《まんぷくいん》の住職・隠源《いんげん》だ。いつも、もも吉《きち》の拵《こしら》える麩《ふ》もちぜんざいを「食べさせてぇな」とせがむ時の、甘えるような声ではない。それは、たちまち緑陰に消えていきそうな、か細い声だった。

「しっかりしなはれ」

もも吉は後ろを振り向きもせず言い、先頭を黙々と登って行く。

足取りは軽《かろ》やかだ。いまでも舞の稽古《けいこ》を欠かさないおかげだろう。舞を美しく見せるために最も必要なことのひとつ。それは、「おいど」を落とすことだ。「おいど」とはお尻のこと。そうすると、つま先から腰まで下半身全体に負荷がかかる。つまり、舞の稽古をするうちに、自《おの》ずと足腰が鍛えられるというわけだ。

「も、もうあかん」

「置いていきますえ」

「そ、そんな殺生《せっしょう》なぁ〜」


ここは、京都は東山《ひがしやま》南端の伏見稲荷大社《ふしみいなりたいしゃ》。

その背後にそびえる稲荷山の山中だ。

商売繁盛《はんじょう》の神様で「おいなりさん」と呼ばれ親しまれている稲荷神社は、全国に三万社あるといわれている。その総本宮が京都の伏見稲荷大社だ。大社の御祭神《ごさいじん》である稲荷大神が、はるか昔、ご鎮座《ちんざ》されたと伝えられているのが稲荷山である。

参道入口からずらりと並ぶ朱色の千本鳥居《とりい》は、誰もが声を上げるほど美しい。

ほとんどの観光客は千本鳥居で記念写真を撮《と》り、少し登ったところにある奥社奉拝所《おくしゃほうはいじょ》まで登るだけで引き返してしまう。しかし、頂上を目指しての「お山巡り」をすると、その途中に、御利益《ごりやく》のあるいくつもの神社や社《やしろ》が点在している。

例えばその一つ。眼力社《がんりきしゃ》は、目の病を治すご利益で有名だ。

また薬力社《やくりきしゃ》は、無病息災や薬効、安産の御利益があると言われている。

急こう配ではないので老若男女、誰でもハイキング気分で登れる山だ。健脚で二時間、ゆっくりと休憩しながらでも三、四時間で一周することができる。

もも吉に続くのは、娘でタクシードライバー兼芸妓の美都子《みつこ》、隠源の息子で副住職の隠善《いんぜん》、そして隠源の順だ。さすがに着物では足元が危《あや》うい。今日は四人とも、ジーンズにTシャツなどの軽装。それにスニーカーという出で立ちで臨んでいる。

美都子が、いかにも可哀《かわい》そうという表情で言う。

「お母さん、隠源さん顔色良うないみたいや。熱中症かもしれへん。ちょっと休《きゅう》憩《けい》してあげよ」

「やさしいなぁ、美都子ちゃんは。ばあさんとは大違いや」

隠源は、悪態をついたつもりのようだが、言葉に力がない。もも吉は立ち止まり、後ろを振り返った。隠源を見ると額から流れる汗が、ポタポタと地面に落ちている。ハァハァと肩で息をして、本当に辛《つら》そうだ。

「なあなあ、ばあさん。ちょっと茶店で休んでいこ」

「何言うてますのや、さっき休憩したばかりやないか」

「そうやそうや、さっき休憩した三徳亭《さんとくてい》さんで食べた抹茶最中《まっちゃもなか》アイス。ほんまに濃《こ》うて美味《おい》しかったわ～」

抹茶最中アイスは、伏見稲荷門前の大谷茶園《おおたにちゃえん》で作られたもので、稲荷山限定の商品だという。

「あんた、ここへおやつ食べに来たんか？　もうええ、置いていきますえ」

そうは言ったものの、実のところ、もも吉も少々堪《こた》えていた。

というのも、この暑さである。

梅雨明けからこの方、京都は猛暑が続いていた。立秋《りっしゅう》も過ぎたというのに、今日は、三十八度という予報が出ている。足腰に自信のあるもも吉でさえも、さすがに厳しい。

「もうすぐ四ツ辻《よつつじ》や。『にしむら亭』さんで休憩していこか」

「ええな、ええな。何食べよ」

隠源は、「休憩」と聞いただけで顔色が良くなった。現金なものである。隠源はスタスタと、もも吉を追い越して先に行ってしまった。「にしむら亭」は、テレビドラマの刑事ものなどで有名な俳優の実家として知られる茶屋だ。座敷に上がって、もも吉もまずは水を飲み干した。

「うわ〜ええ眺めやわ」

と美都子が言うと、

「ほんまや」

と隠善が頷《うなず》く。京都市内が一望できる絶景スポットだ。

風がサーッと吹き上げてきた。

「あ〜涼しい」

四人は一斉に声を上げた。

隠源がメニューを見て子どものようにはしゃいでいる。

「いなり寿司にしよか、それとも親子丼にしよか……ううん、悩むなぁ」

もも吉は、さすがに呆《あき》れ果ててチクリと言う。

「あんた何しに来たんか忘れたんと違いますやろな」

「も、もちろんや。願掛けに来たんや」

今度は、隠善が父親を窘《たしな》める。

「誰のために来たんかわかってるんか」

隠源は、さすがにシュンとして、

「奈々江《ななえ》ちゃんのために決まってるやないか」

と、口を尖《とが》らせた。

そうなのだ。声を失ってしまった、舞妓の奈々江のために「おせき社」に願掛けに来たのである。奈々江がしゃべれなくなってしまったのには、深く長い経緯《いきさつ》があった。それは、常人の想像を超える苦難の道のりだった。

奈々江は、東北の漁師町の出身である。

もも吉は、奈々江から初めてその生い立ちを聞いた時、「この世には神も仏もあらしまへんのやろか」と絶句し、掛ける言葉も見つからなかった。

それは、奈々江が小学三年生の春のことだった。

学校の授業が終わる直前、教室がグラグラッと揺れた。

その揺れは、今まで体験したことがないほど大きかったという。

しばらくすると、大きな「海」がやって来て、奈々江の大切な家族を奪っていってしまった。父と母。二つ年下の妹の未久《みく》。一緒に住んでいたお爺ちゃん、お婆ちゃん。さらに港の水産加工場で働いていた、母方のお婆ちゃんも行方《ゆくえ》がわからなくなった。

避難所で、一人泣き明かしたという。

もし、それが自分だったとしたら……。もも吉は、その状況を思い浮かべると恐ろしくなり凍り付いた。

三日目に母方のお爺ちゃんと再会できた。風邪をひいて高台にある病院へ診察を受けに行っていたおかげで、一命を取り留めたのだという。その後、喘息《ぜんそく》の持病が悪化したお爺ちゃんは、漁師を続けることもかなわなくなってしまった。

お爺ちゃん以外の家族は、いまだに行方がわからない。

身を寄せられる近い親戚もない。

どうやって生きていったらいいのか。幼い身には、考えもつかなかった。

そんな中、高校に入学したばかりの頃にテレビで「舞妓」という仕事があることを知った。厳しい修業が必要だというが、食べる物、着る物など一切を、屋形で面倒をみてくれるという。

奈々江は、迷うことなく花街《かがい》の世界に飛び込んだ。

その後、唯一《ゆいいつ》の身内であるお爺ちゃんまでもが、肺炎で亡くなってしまった。


舞妓というのは、芸妓になるために修業中の女の子のことを指す。その舞妓になるためにも、およそ一年間、修業が必要になる。その間、芸事や京言葉、習わしなどを仕込まれることから、「仕込《しこ》みさん」と呼ばれている。

不幸と言うのは、行列を作ってやってくるものらしい。奈々江が人より倍の年月をかけて「仕込みさん」を卒業し、ようやく舞妓になれることになった矢先の出来事である。

台風が近づく中、奈々江が屋形の琴子《ことこ》お母さんのお使いで出掛けた帰り道、四条大橋を渡っている最中にそれは起きた。

急な突風で、奈々江の雨合羽《あまがっぱ》のフードが、脱げてしまった。フードを直そうとしてよろけると、橋下にどっと流れてくる濁流が眼に飛び込んできた。奈々江はその瞬間、「あの日」のことがフラッシュバックした。「海」がどんどんと、山手の方へと押し寄せてくる。家も車も……そして人も次々と呑《の》み込んでゆく。そうしている間にも、奈々江の小学校にまで、「海」が近づいてきた。

奈々江は、大声で叫び……四条大橋の上で気を失った。

そして、病院で気が付くと、「声」が出なくなっていた。


それ以後、奈々江は、しゃべることができない。

無理にしゃべろうとすると、「う〜う〜」という苦しげな呻《うめ》き声になってしまう。

もも吉は、昔から付き合いのある総合病院の高倉《たかくら》院長に頼み込んだ。

「なんとかしてやっておくれやす」

高倉は、耳鼻咽喉科だけでなく精神科など総合的な治療を試みてくれた。それでも、なかなか成果が出ない。

奈々江は、それでも舞の稽古《けいこ》に励んだ。その成果が実り、声が出ないままだったが花街の人々の応援を得て、ついに舞妓としてお座敷を務めることになった。

そんなある日のこと。

総合病院へ治療に出掛けた際、奈々江は院内で心臓の手術を受けたことのある女の子と友達になる。父親が新聞記者の小鈴《こすず》だ。その小鈴が、訳あって精神的に不安定になり、病院の屋上の立ち入り禁止のテープを潜《くぐ》り抜け、壊れて傾いた非常階段へと入り込んでしまった。

　奈々江は、小鈴が命の危険にさらされていることに気付くが、声が出ない。人を呼びに行っているうちに、非常階段の床が崩れ落ちてしまうかもしれない。そんなジレンマの中、奈々江は無意識のうちに、

「助けて！」

　と叫んでいたという。その声に気付いた小鈴の父親が駆けつけ、小鈴を救い出すことができた。

　当の奈々江も、声が出たことに自分でも驚いた。しかし、それは一回限りのこと。それ以降、また「う～う～」と絞《しぼ》るような唸《うな》り声しか出なくなってしまった。

　主治医の先生は、

「一度でも声が出たということは、これからの治療に光が見えましたね。きっといつか治りますよ」

　と、言ってくれている。でも、それが「いつ」なのかわからない。

　奈々江は、常に前向きに生きようと、お座敷にスケッチブックとペンを持ち込んで、お客様とやりとりをしている。最初のうちは奇異に見られて敬遠されたものの、今ではその健気《けなげ》さに多くの旦那《だんな》衆が贔屓《ひいき》にしてくれている。

もも吉だけではない。

花街を始めとして、奈々江を知る人たちみんなが「奈々江ちゃんの声が出るようになりますように」と、日々祈っている。

美都子は口には出さないが、早朝に有楽稲荷大明神《うらくいなりだいみょうじん》を掃除をしながら願掛けをしている。

隠善は副住職として、毎朝の勤行《ごんぎょう》で、一時間も余分に奈々江の「病気平癒《へいゆ》」を祈っているという。

千社札《せんじゃふだ》を売る文具店「マル京」の主人は、休日に市内あちらこちらの寺社を巡ってお守りを授《さず》かって来てくれる。そのため、奈々江がお座敷に出掛ける際に持つ「お座敷かご」の中には、お守りが数え切れないほど入っている。

もも吉はというと、大好きな「お茶断ち」をした。

これがなかなか難しくて、思うよりも辛かった。食事に誘われてお店に入ると、ついつい目の前に出されたお茶に口を付けてしまいそうになるのだ。

そして、つい先日のことだ。

隠源が隠善を伴い、もも吉庵にやって来るなり、

「ばあさん、ばあさん、知ってるか?」

と、息を弾《はず》ませて尋ねる。

「ばあさん、て二度も言うてなんなんや。じいさん、じいさん」

「稲荷山の中腹にある『おせき社』のことや」

「名前だけは聞いたことありますえ」

もも吉は何度か「お山巡り」をしたことがある。しかし、頂上を目指すことばかりに気が向いてしまい、途中にある社にあまり記憶がない。

「それがな、うちの檀家《だんか》で喉《のど》にポリープができて、声が出にくうなったいうお人がいてなぁ。『おせき社』に願掛けしたら、手術が上手くいって声がスーッて出るようになったていうんや」

聞けば「おせき社」は、その昔、頂上への関所の役割をする「お関稲荷」と呼ばれ崇《あが》められていたらしい。ある時、喉が嗄《か》れた歌舞伎役者が立ち寄り参拝したところ、喉が治ってしまった。そこから「関」から「咳」に転じ、喉の病《やまい》にご利益のある神様ということになったという。

「わし、奈々江ちゃんの声が出るように、『おせき社』にお参りしよう思うんや」

もも吉が言う前に、美都子が尋ねた。

「隠源さん、お寺のお坊さんが神社に願掛けするて、あんまり聞いたことないけどええの？　第一、隠源さんは臨済宗《りんざいしゅう》でもえらい位《くらい》のお人なんでしょ」

「神仏習合《しんぶつしゅうごう》や。奈々江ちゃんのためやさかい気にすることない」

もも吉は、思わず、

「えらい、じいさん！」

と声高《こわだか》に褒《ほ》めた。

「なんや、もも吉に言われると照れるがな」

「そないしたら、うちも一緒に行きまひょ」

「え？　ばあさんは足手まといになるんと違うか。途中で歩けんようになったら、わてが、おんぶしてやろうか？　まあ、ちいと高くつくけどなあ」

そういうわけで、もも吉は美都子、隠源・隠善親子と「おせき社」へ願掛けに行くことになったのである。

ところが……ばてて動けなくなってしまったのは、隠源の方だった。


「おせき社」に着いた。

小さな社だが、「おせき大神」と赤地に白く染め抜かれた幟《のぼり》がいくつも掲げられている。屋根のついた参拝所の木柱には郵便受けが二つ、供えつけられていた。一つは、「お願いのハガキ」を入れるもの。もう一つは、願いが成就《じょうじゅ》した人たちからの「お礼のハガキ」を入れるものだ。遠方であるため、あるいは病気のため訪れることができない人々のための配慮だと思われた。

もも吉は、同行の三人と、時が過ぎるのも忘れて手を合わせ祈った。

「どうか、どうか、奈々江ちゃんがしゃべれるようになりますように」

しかし、もも吉は、ひそかに暗い気持ちを抱えていた。

どんなに霊験《れいげん》あらたかな神様・仏様でも、奈々江の病を治すことはできないのではないかと思ってしまうのだ。というのは……。

以前、奈々江から、二つ年下の妹の未久《みく》の話を聞かされたことがあった。

それは、「海」がやってきた「あの日」の朝のことだという。

奈々江は、妹の未久とケンカをしてしまった。未久はいつも朝寝坊をして学校へ行くのにバタバタしてしまう。その日も、教科書の支度ができておらず、奈々江が手伝ってやった。

「だらしないわねえ、ちゃんと寝る前にやっておかないからよ」

と言うと、

「お姉ちゃんだって、この前、宿題忘れてお母さんに叱られたじゃない」

と言い返してきた。

「もう手伝ってあげない、勝手にしたら」

と言うと、未久は教科書を投げつけてきた。つい、カッとなってしまい、未久の大事にしている人形を投げつけてしまった。未久も、奈々江の教科書にマジックで落書きの仕返しをしてきた。二人は、学校までの道のり、ずっと言い合いをして、そのまま別々の教室へと向かった。

それ自体は、どこにでもある姉妹ゲンカだろう。でもまさか、まさか、それが妹との最後の別れになるとは思いもしなかったというのだ。奈々江は、それがわかっていたなら……決してケンカなどしなかったと涙を浮かべた。


もも吉は、思うのだ。

奈々江の声が出ない原因は、妹の未久とのケンカにあるのではないかと。

「ケンカしなければよかった」という後悔《こうかい》の念が、心の中で「壁」を作っている。その「壁」が、声が出るのを堰《せ》き止めているに違いない。それなら、「壁」を取り除けばいいはずなのだが……。

未久はすでに天国の人だ。

ケンカの仲直りをさせることもかなわない。

さすがのもも吉も、困り果ててしまった。

絶望感に襲われ、せつなくてせつなくて目眩を起こしそうになる。それでも、誰にもこのことを口にすることなく、ただ一心に「おせき社」に奈々江の喉の快癒を祈った。


午前十時。

京都盆地はすでに焦げつくような暑さだ。

奈々江は、もも吉庵に招かれていた。

一昨日《おととい》は朝早くから、もも吉が音頭《おんど》を取って、美都子や隠源・隠善親子らと喉の病にご利益のある神社に願掛けに行ってくれたと聞いていた。奈々江のためだ。その報告を兼ねて、もも吉が冷たい麩もちぜんざいをご馳走《ちそう》してくれるという。

屋形「浜ふく」の女将である琴子が、「もも吉お姉さんに、ちょうど話したいことがあるから」と言い、二人してもも吉庵を訪ねた。

「さあさあ、召し上がっておくれやす」

もも吉は、みんなの前に、麩もちぜんざいを順に置いて行く。

着物はみじん格子の夏塩沢《なつしおざわ》。帯は紺色の波模様で、帯締めはベージュ色と、蒸し暑さを忘れさせるようなコーディネートだ。

「奈々江ちゃん、遠慮のう」

奈々江は、メモ帖に、

と、ペンを走らせ、もも吉に見せた。

女将のもも吉は、祇園生まれの祇園育ち。元は芸妓で、母親の跡を継いでお茶屋の女将をしていたが、今は、故《ゆえ》あって甘味処「もも吉庵」を営んでいる。店はL字のカウンターに丸椅子が六つ。角の席には、おジャコちゃんが丸くなって眠っている。いかにも賢そうな猫で、いつもみんなの話を、わかったような顔をして聞いている。

奈々江は、すっかり、もも吉庵の常連になっていた。

というのは、もも吉のはからいで、仕出し屋「吉音屋《よしねや》」で追い回しとして働く拓《たく》也《や》と会っておしゃべりする場所として使わせてもらっているからだ。とは言っても、デートと呼ぶようなものではない。日頃のお互いの苦労話や失敗談を伝え合うだけだ。もも吉庵の他へは、二人で出掛けることはない。もも吉庵で会う時にも必ず、美都子や隠源・隠善が同席している。

今は修業の身だ。万一、「ええ男はんがいてるらしい」などという噂が広がってしまったら、お座敷に声がかからなくなるかもしれない。拓也も、まだまだこれからという下働きの立場だ。今は拓也と、互いの仕事に精進《しょうじん》していこうと誓いあっている。


隠源が、目の前の清水焼《きよみずやき》の茶碗《ちゃわん》のふたを開けて声を上げた。

「なんやなんや、抹茶アイスやないか」

もも吉が、にやりとして答える。

「そうどす。宇治の伊藤久右衛門《いとうきゅうえもん》はんとこのアイスクリームを、うちの冷やし麩もちぜんざいの上に載せてみましたんや。一昨日、『お山巡り』で抹茶最中アイス食べましたやろ。それで、たまたま頂《いただ》き物のアイスクリームが冷凍庫に仕舞《しも》うてあったん思い出しましてなぁ」

隠源は、もも吉の話を聞き終えるよりも先に、木匙を取ってすくった。

「ああ、ひんやり冷とうて、苦《にご》うて、甘《あも》うて、疲れが一気に吹き飛ぶなぁ」

「ほんまや、抹茶とあんこいうんは、なんでこないに相性がええんやろなぁ」

と、美都子もアイスクリームとぜんざいを一緒に頬張って頷《うなず》く。

隠善も、

「美都子姉ちゃんの言う通りや。一緒に頬張ると二倍、いや三倍も美味しいわ」

と言い、あっという間に平らげてしまった。

お茶をすすりながら、隠源が奈々江の方を向いた。

「奈々江ちゃん、『おせき社』さんでぎょうさんお参りしてきたさかい、きっと治る。心配せんでもええ」

もも吉が、呆れ顔で言う。

「何言うてますのや。休憩して食べてばっかりやったくせに……」

「な、な、何言うんや。わては奈々江ちゃんのために、誠心誠意、お稲荷さんにお願いしてきましたんや……奈々江ちゃん信じてや」

もも吉庵の一同は、隠源の弱り顔に思わず笑った。奈々江も、くすりと微笑《ほほえ》んだ。

でも、心の中では別の事を考えていた。

(わたしはもう、一生、声が出ないままなのかもしれない)

今まで、折れそうになる心を必死に堪《こら》えてリハビリ治療をしてきた。

しかし、本気で諦めるしかないと思い始めていた。というのは……。

この春のことだ。

奈々江は、総合病院へ喉のリハビリ治療に通ううち、小学生の女の子・小鈴《こすず》ちゃんと友達になった。奈々江は、悲しくてたまらない時、病院の屋上から通じる非常階段の踊り場で、一人泣くことにしていた。そこなら、誰にも見られることがないからだ。

ところがある日、その踊り場へ行くと先客がいた。小鈴ちゃんだ。心臓の手術を二度も受けている。学校を休みがちだったことから、いじめに遭っているらしい。それなのに、いつも明るく元気に振る舞い、小児病棟に入院している子どもたちに、絵本を読んであげに来る。

奈々江は、泣き虫だ。だから、小鈴の頑張っている姿を見ると「負けちゃいられない」と励まされる。

その小鈴ちゃんには、特に眼を掛けている葵《あおい》ちゃんという小学二年生の女の子がいる。小鈴ちゃんと同じ心臓病を患《わずら》っているのだが、手術を怖がって拒《こば》んでいた。大人だって手術は怖い。ましてや……。

その二人が、ふとしたことから手術前にケンカをしてしまった。そのあと、仲直りすることなく、葵ちゃんの手術が始まってしまった。予定時間を過ぎても手術は終わらない。何か予想外のことが起きたようだった。

小鈴ちゃんは、こう思ったという。

（うちが悪いんや。うちが手術の前に葵ちゃんに厳しくしたさかい、手術に身体が耐えられなくなってしまったんや……）

小鈴ちゃんは、重圧に耐えきれず、病院の屋上へ上がった。屋上を彷徨《さまよ》い、知らず知らずのうちに「立ち入り禁止」のテープをかいくぐり、気付くと少し前の大風で壊れた非常階段へと入り込んでしまったのだ。

奈々江は、非常階段の踊り場で、怯《おび》えて動けなくなっている小鈴ちゃんを発見した。手を伸ばすが届かない。届くはずもない心の声で呼びかけて、階段を降りようとした瞬間、風が強く吹いた。踊り場がグラリと揺れて、小鈴ちゃんがか細い声で叫んだ。

「お、お姉ちゃん……助けて……」

その声も、風に飛ばされた。奈々江もよろけて尻餅《しりもち》をついてしまった。草履《ぞうり》の片方が脱げて、階段の隙間から下に落ちていった。

その時、奈々江は、心の中でこんなことを叫んでいた。

（神様、仏様、どうかお助けください。わたしはもう一生しゃべれなくてもかまいません。だから、だから、小鈴ちゃんをお助けください）

すると……次の瞬間、声が出た。

たった一度だけだが、「誰か～助けて～！」と声が出たのだ。

その絞り出すような声が非常階段にこだまし、それを聞いた小鈴の父親が助けに駆けつけてくれた。

　おかげで小鈴ちゃんは助かった。

（もも吉お母さんも、美都子さんも、隠源さんと隠善さんも、願掛けしてくれておおきに。でも、でも、いくらお願いしても、かなわないんです。神様と仏様に、小鈴ちゃんの命が助かることと交換に、お願いしてしまったから……。「一生しゃべれなくてもかまいません」って、お願いしてしまったから……）

「どないしたんや、奈々江ちゃん」

　奈々江は、隣に座る琴子に、顔をのぞかれて我に返った。

「……」

「顔色が良うないみたいや」

　美都子も心配して言う。

「あんた眼ぇが赤《あこ》うなってるえ。なんや辛い事でも思い出してしもうたんか？」

　奈々江は慌てて、メモ帖に走り書きした。

> 大丈夫です。みなさんがわたしのために、一生懸命に神様、仏様に祈ってくださるので嬉しいんです

琴子が、ホッとした表情になる。

「そないなこと、気にせんでもええ。みんなあんたのこと応援してるんやさかい、あんたはいつも通り舞のお稽古だけきちんとしとき。ご贔屓さんにはえろう評判ええしなぁ」

奈々江は、こくりと頷いた。

「ところで……」

と、琴子がもも吉に向き直って言う。

「もも吉お姉さん、ちょっと気になることがあるんどす」

「なんやの？　琴子はん」

「一月《ひとつき》ほど前のことなんや。奈々江ちゃんが初めて祇園に来た時に、付き添うて来てくれはった奈々江ちゃんの遠縁の叔母《おば》さんから電話がありましたんや」

もも吉は、

「なんや久しぶりやなあ。奈々江ちゃんのこと心配してはったやろ」

と懐かしげに答えた。

「そうなんよ。ほんまに遠い遠い親戚やけど、奈々江ちゃんのこと、忘れたことはないそうや。『元気でやってますさかい安心しててください』て伝えました」

「それはそれは、よろしおしたなぁ」

「その叔母さんがな、奈々江ちゃんの通っていた小学校の先生にばったり会《お》うたて言わはるんや。その先生、ええっと……そうやそうや、大船先生言わはるんやけど、奈々江ちゃんに会って渡したい物があるんやて。それなら大船先生に『浜ふく』の電話番号を教えてあげてください、て伝えたんどす。もちろん、奈々江ちゃんにも断ってのことどす」

もも吉が、奈々江の方を向いた。

「大船先生いうお人、『会って渡したいものがある』てなんでっしゃろなあ。奈々江ちゃん、心当たりあるか？」

奈々江は、またペンを手に取った。

> 大船先生なら話したことはないけれど知っています。妹の未久の担任の先生です

琴子が話を続ける。

「そのことすっかり忘れてましたんやけど、先日、その大船先生から電話があって、八月十日の午後に必ずお邪魔します、て言わはったんどす」

「十日て、昨日のことやな。それで、どないなお人やったんどす?」

「どないも何も……いらっしゃらへんかったんや。電話もあらへん。そやけど、『必ず』て言わはったんが気になりしまてなぁ。普通、電話で約束する時に、そないな言い方せぇへんと思いますんや」

大船先生は、「会って渡したいものがある」と言っていたという。

奈々江は未久のことを思い出すのは辛かった。それでも、ひょっとしたら、大船先生は未久の使っていたえんぴつとか消しゴムとか、何か思い出の物を持って来てくれるのかもしれないと思った。

琴子が、胸に手を当てて言う。

「もも吉お姉さん。うち、なんやわからんけど、ここんところがモヤモヤしてしもうて……」

琴子が、そこまで言いかけた時、奥の間で電話が鳴った。

もも吉が、

「ちょっとかんにんどす」

と、席をはずした。しばらくして、もも吉が、コードレスの受信器を持って現れた。

「総合病院の高倉《たかくら》院長からや」

と、琴子に受話器を差し出す。

「なんですの？　高倉先生が……」

高倉は、もも吉がお茶屋の女将をしていた頃からの、気のおけない贔屓だった。琴子も昔から親しい。

「あんたんとこへ電話したら、もも吉庵に行ってるて言われたさかい、かけ直してくれはったそうや」

琴子は、首を傾《かし》げつつ、受信器を受け取った。

「はい、『浜ふく』の琴子です。センセいつもお世話になっております……え？……なんですって、行き倒れ？　……それで具合は？　……へえ、へえ、かしこまりました。今すぐ伺わさせていただきます」

じっと黙って聞いていた隠源が、琴子に尋ねた。

「どないしたんや、行き倒れて何や？」

「へえ、それが……大船先生、昨日の昼過ぎ、四条大橋渡ったところで倒れはって、救急車で総合病院へ担《かつ》ぎ込まれたそうなんどす。気ぃ失っておられたそうなんやけど、先ほど意識が戻ったそうで……。『浜ふく』の電話番号が書かれたメモが、シャツの胸ポケットに入ってて、それでうちに……」

もも吉が、すっくと立ち上がった。

「琴子ちゃん、うちも一緒に行こう思います。美都子、車出してくれるか?」

「もちろんや、お母さん」

奈々江も一緒に行こうと思い立ち上がると、美都子に、

「奈々江ちゃんは、お稽古があるやろ。心配やろうけどちゃんと報告するさかい、うちらに任せとき」

と、やさしく言われた。

慌ただしく、もも吉ら三人が出掛けて行った。

奈々江は、不安げにその後ろ姿を見送った。


大船茂市は、気が付くと、ベッドの上にいた。病院の個室らしい。

両手で、眼をこすろうとすると、右手にチューブが繋がれているのが目に入った。

「ああ、まだ死《す》んでねがったがぁ」

と、溜息まじりに呟《つぶや》いた。

すぐに、南座の近くで気分が悪くなり目眩を起こしたことを思い出した。と同時に、屋形「浜ふく」のことも思い出した。

「すまったぁ、約束《やぐそぐ》の時間《ずかん》がぁ……」

　横たわったまま、病室をぐるりと見回すが時計がない。ナースコールのボタンを押すと、スピーカーから看護師の声が聞こえた。

「あっ、大船さん、目え覚めはったんやね」

「あの～今、何時《なんず》だべが」

「今ですか？　ええっと、すぐそっちへ行きますね」

　問いには答えず、その代わり、看護師の叫ぶような声がスピーカーから聞こえた。

「せんせ～い。大船さん、意識が戻られました！」

　え？　……意識が戻る？　それはどういうことなのか。

　担当医がすぐやって来た。茂市は、そこで初めて、病院に救急車で搬送されてから、一日近くも、眠り続けていたことを知った。

　それは、たいへんだ。約束をすっぽかしてしまった。『浜ふく』の女将は、どうしたのかと心配しているに違いない。いや、心配などする訳がないか。用件があるのは、こちらの方なのだから……。

　奈々江に、どうしても渡さなければならない。このままでは死ねない。死ぬ前に、なんとしてでも渡さなければならないのだ。

看護師が言う。

「大船さん、今、お知り合いに連絡しましたら、すぐに来られるそうですよ」

「は？　知り合《すい》いが？」

「お知り合いやないんですか？　『浜ふく』さん……」


小一時間もして病室に現れたのは、年輩の女性二人だった。女性のタクシードライバーも一緒に病室に入ってきた。

「はじめまして。『浜ふく』の女将の琴子どす」

茂市は、ハッとして琴子の顔を見つめた。昨日、会いに行くはずだった女性がわざわざ病院まで来てくれたことに恐縮してしまった。

「こちらは、もも吉お姉さんどす。奈々江ちゃんの後見人いうか、応援団の団長みたいな存在やね」

「もも吉どす。よろしゅう」

和服の二人が、揃ってお辞儀をした。

ベッドの端《はし》に座り、茂市はぎこちなくお辞儀を返した。

茂市は、突然のことで頭が回らない。

コホンッ。

ときどき、咳が出る。

もも吉と名乗った女性が、事情を説明してくれた。

「あんさん、覚えてはりますか？　四条大橋渡らはったところで倒れはったんやてなぁ。そいで救急車で運ばれたんがこの総合病院や。カバンに入ってた免許証から、身元はすぐにわかったんやけど、病院の事務長はんもどこの誰に連絡したらええんかわからへんで困ってたそうや。そないしたらシャツの胸のポケットから小さなメモが見つかりましてなぁ。そこに『浜ふく』の連絡先が書いてあったというわけや」

茂市は、病院やら、この人たちに迷惑をかけたことを詫《わ》びた。

もも吉が、心配そうな顔つきで尋ねる。

「気分はどないどすか？」

「は、はぁ、ありがどございます。今はもう何ともねーです。たぶん熱中症なんでねーべかって、先生はおっしゃってます。あともう一日様子見て、なんもなければ明日には退院してもいいそうです」

「それはようおしたなあ。そないしたら明日の午後、奈々江ちゃんと会えるように段取りさせてもらいましょなあ」

「え？　奈々江さんと会えるんだべが？」

「そやかてあんさん、奈々江ちゃんに会いにきはったんやろ、なんや渡したいものがあるいうて」

茂市は、まだ少し頭が重かったが、努めて元気なふりをして、

「何と何とありがどございます」

と、茂市は頭を深く下げた。


病院では、いろいろと検査をしたいと言われたが、茂市はすべて断った。今さら、検査をしたところで意味がないからだ。

翌朝、昨日も来た美都子というタクシードライバーが迎えに来てくれた。退院手続きまで手伝ってくれたのは助かった。鴨川《かもがわ》沿いの駐車場に車を停め、美都子の後ろをついて行く。

「駐車場が離れてるさかい、ちびっと歩いていただきます。退院したばかりやけど、大丈夫どすか?」

茂市の身体を気遣い、ゆっくりと歩いてくれる。

「はぁ、やはり熱中症だったと思います。病室はエアコンさ、よぐ効いで極楽《ごぐらぐ》でした」

「それはようおしたなぁ。母のお店までご案内させていただきます。ゆっくりゆっく

り歩きますさかい、ついて来ておくれやす。奈々江ちゃんも、今日は舞のお稽古がお休みやさかいに、もう来てるはずどす」

　細い路地に入ると、右に左にと折れた。

「お店……って？」

「ああ、失礼しました。うちの母のもも吉が営んでいる甘味処『もも吉庵』のことどす。若い頃は舞妓、芸妓をしておりました。その後、家業のお茶屋を継いで、女将をしていたこともあります」

「あなたとももも吉さんは、母娘《おやご》だったんすね」

「へえ。実は、うちも夜は芸妓としてお座敷に出とります」

　茂市は、やっぱりと納得した。まるで女優のような眉目《びもく》に納得できた。

　美都子は、少しだけ先を歩きながら、話を続けた。

「もも吉庵いうんは、手慰《てなぐさ》みのようなお店でして。名物の麩もちぜんざいを食べに来はるお客さんの多くは悩みごとを抱えてはるんどす。母は、よろず相談とでもいいますか、悩みを聞いてアドバイスをして差し上げていたんやけど、だんだんと、そっちの方が主な生業《なりわい》になってしまいまして」

「お母《がぁ》さま、たいしたもんですねぇ。私《わたす》は教員をすておりますが、ながなが子どもだちの悩みを聞ぎだすごどに苦労すてます」

「せっかくの機会やさかいに、大船さんも、もし悩み事とかあらはるんやったら聞いてもらうとええですよ……あっ、こちらどす」

そう言い、美都子は、「こんなところにも道が」と驚くほど細い路地を曲がった。

美都子が、一軒の町家の前で立ち止まると、格子戸《こうしど》をがらりと開けた。

「どうぞ」

と言われ、茂市は、恐る恐る中をのぞき込んだ。打ち水をした飛び石が涼しげに、奥へ奥へと誘《いざな》っている。

「どうぞ、お入りやす」

美都子に促され、茂市はもも吉庵に上がった。


奈々江は、不安が七分、期待が三分という複雑な気持ちで待っていた。

いったい、大船先生は、なぜ今頃になってわざわざ京都まで自分を訪ねてやって来たのだろう。何か、直接、渡したいものがあると聞いている。早く見てみたいような……いや、もしかして、それが恐ろしいものだったら……。

夕べはとうとう、一睡もできなかった。

襖《ふすま》が静かに開くと、美都子と大船先生が現れた。

「昨日は病院さ、来てもらって、ありがどございました」

「先生たいへんどしたなぁ。まあまあ、まずは、お掛けやす」

もも吉が、大船先生を一番端の席へと促し、紹介した。

「こちらは建仁寺塔頭・満福院の隠源さん、隣は副住職の隠善さんや」

二人とも、

「よろしゅう」

と、背を正して挨拶《あいさつ》した。

「そして、こちらがあんさんが会いに来はった奈々江ちゃんどす」

奈々江は、立ち上がってお辞儀をした。髪は結《ゆ》ったままだが、着物はそんなりだ。そんなりとは、お座敷に出る着物ではなく、普段の着物のことである。白粉《おしろい》も塗らず、うっすらとだけ化粧をしている。すぐにペンを取ってメモ帖に書いた。

私は言葉がしゃべれません。失礼します

一瞬、大船先生は戸惑ったような様子だったが、すぐに笑顔で、

「それはご苦労《ぐろう》されでますなぁ。私《わたす》は大船茂市です。未久ちゃんの担任をすていま

すた」

と、奈々江の目線になるように屈《かが》んで言った。

また奈々江は、ペンを取った。

先生のお顔、覚えています
「それは嬉すいなぁ。どうも、どうも」

もも吉が、パンッと軽く手を打ち、

「さあさあ、堅苦しいことはもうよろしおす。麩もちぜんざいの支度《したく》ができてます
さかい、召し上がっておくれやす」

と言うと、隠源が、

「二日続きでもも吉の麩もちぜんざい食べられるんは極楽やなぁ」

と、一番先に木匙を取った。

「いかがどす？」

大船先生は、顔を綻《ほころ》ばせて、

「美味しいです。真夏《まなつ》に、こうしてエアコンの効いた部屋でいただく熱《あ》っついあん
こもちもいいもんだねぇ。熱中症で食欲《しょくよく》が無がったけど、これだったら食べられ

るものぉ」

奈々江の故郷ではぜんざいのことを「あんこもち」と呼んでいる。

「おおきに」

「何より、心の中まで温《あった》げぐなった気がします」

甘いもんのせいか、大船先生の顔色はさっきよりも明るくなった気がした。

「さて……」

と、大船先生は木匙を置いて、深呼吸をした。そして、カバンの中から大封筒を取り出し、カウンターの上に置いた。

「電話で話すたことなんだけんども……」

中には、書類か何か、紙が入っているように見受けられた。奈々江が、ペンを取ろうとすると、もも吉が察して代わりに聞いてくれた。

「それはなんでっしゃろ」

「はい、私《わたす》が担任すていた一年生の子どもだぢが書いだ作文です」

「うっ」

奈々江は思わず、出ない声を絞るように喉を細めた。

大船先生は、大封筒から中身を取り出す。

「これは、『あの日』の二時間目の国語の授業で、クラスのみんなに書いてもらった作文の一部なんです。これらを書いだ子どもだちは、今、みんな天国さいます。五人分あります。一番上の……これが奈々江さんの妹《いもうど》の未久さんの作文なんだども。どうぞ受け取《ど》ってください」

奈々江は、胸がドキドキして張り裂けそうだった。

奈々江は着物の袂を押さえて、大船先生の方へと手を差し出そうとした。だが、身体が動かない。てっきり、未久が使っていた文房具みたいなものを、形見として持って来てくれるものだと思い込んでいた。

それが……まさか、『あの日』の朝に書いた作文だとは。

いったい何が書かれているのだろう。読みたい、読みたい。でも怖い。読まない方がいいかもしれない。奈々江は、説明しがたい何かに押しつぶされそうになり、いったん、差し出しかけた手を引いてしまった。

もも吉が少し顔をこわばらせて、大船先生に尋ねた。

「先生は、もちろん、その作文を読んでいらっしゃるんやね」

「もぢろんです……それで、これはどうしても奈々江さんに読んでもらわねばなんねぇと、思ったんです」

もも吉は、さらに尋ねた。

「もし差し支えなかったら、わざわざ、……それも何年も経って作文を持って来はったご事情を伺ってもよろしおすか？　奈々江ちゃんもきっと、聞きたいはずや」

『あの日』、いったい小学校で何があったのか、聞くのは怖い。怖いけれど、知りたいと奈々江は強く思った。

奈々江たち三年生のクラスは、担任の先生の素早い判断で、小学校の裏山の見晴台に避難したため、全員が助かった。

でも……でも、妹の未久をはじめ、他の子たちは……。

奈々江はペンを取り、メモ帖に、

お願いします

と書いた。大船先生は、両手の拳《こぶし》を両の膝に置いて、天井《てんじょう》を見上げた。大きく深呼吸を一つすると、

「『あの日』のごどを思い出すのは、私《わたす》も辛いごどだども、聞いてもらえる方《かだ》がいるのは有難いごどです」

と言い、話し始めた。

大船先生は事前に、クラスのみんなにこう伝えてあったという。

「明日《あすた》の国語の授業は、みんなに作文を書いてもらうがら。題は家族です。お父《どう》さん、お母《があ》さん、兄弟でもいいし、お爺ちゃん、お婆ちゃんのごどでもいいがら。家族の誰がのごどを書いてもらうんで考えておいてください。書いた作文は、明日《あすた》の帰りの会で一人ひとり読んでもらうがらね」

そう言うと、全員が「え〜」と声を上げたという。

小学一年生には作文はなかなか難しい。しかし、テーマが身近な人ということもあり、全員が授業の時間範囲で書くことができた。

帰りの会の時間がやってきた。最初から、教室は大爆笑になった。お爺ちゃんのオナラが臭《くさ》くてたまらないという話だ。なぜ子どもというのは、こんなにもオナラが好きなのだろう。お爺ちゃんが、ブーとオナラをすると、お父さんもお母さんも一斉に部屋の障子やドアを開けるのだという。

飼い犬のことを書いた子もいた。ペットも家族だと言われれば、その通りだ。作文を読んだあと、ランドセルからその犬の写真を取り出したため、「見せて〜」と大騒ぎになった。そんな具合に、あっという間に帰りの会の時間が過ぎてしまった。

茂市の勤める小学校では一年生から六年生まで、それぞれ一クラスしかない。昔は何クラスもあったらしいが、工場が移転したり漁業が衰退したりして人口が減ってしまったのだ。茂市が担任をしている一年生のクラスも、十四人と少ない。

それでも、まだ八人の作文が読めていない。

「ほんじゃあ、残《のこ》りの人は明日《あすた》の帰りの会で読んでもらっから」

読み終えた子の作文は返却し、まだの子の作文は、先生が預かっておくことにした。ところが、次の帰りの会の時間は……、やってこなかった。

「あの時」が突然、訪れたからだ。


ここまで話すと、大船先生は唾《つば》をごくりと飲み、みんなの顔を見回した。きっと、思い出すのが辛いに違いない。こんなにエアコンが効いているのに、額に汗がにじんでいる。もも吉が、声を掛けた。

「先生、大丈夫どすか？」

「は、はい。大丈夫《だいじょぶ》です……コホンッ、コホンッ」

大船先生は、苦しそうに咳き込んだ。なかなか止まらない。水を一口飲むと、再び話を続けた。奈々江は、胸の鼓動《こどう》を抑えるので必死だった。ギュウッと握った拳の中は、汗で濡れていた。

奈々江の生まれ育った漁師町では、地震があっても大きな津波は来ないと言われていた。湾の中にあるいくつかの島が防波堤の役割を果たしているというのがその理由だ。

しかし、「あの日」の揺れは、今まで経験したことがないほど大きなものだった。そこで、学年ごとに担任の先生が付き添って、集団下校することになった。建物が壊れたり、道路が陥没《かんぼつ》しているかもしれないからだ。

揺れが収まると、大船先生はまず、全員の名前を点呼して校庭へと出るように促《うなが》した。

「慌でるなよぉ」

と注意したが、ちょっとやんちゃな小栗《おぐり》君が、階段から転げ落ちてしまった。階段を二つ飛びに降りて、足を滑《すべ》らせたのだ。

子どもにケガは付き物だが、それは捻挫《ねんざ》などという軽いものではなかった。素人《しろうと》が一目見ても、骨折していると思われた。みるみる間に、足首が腫《は》れてきた。いつも生意気なことを言って周りを困らせているのに、「痛い痛い」と泣きわめく。

養護の先生に応急処置をしてもらうか、それとも病院へ連れて行くべきか。大船先生は、逡巡《しゅんじゅん》した。

そこへ、隣の二年生の担任の村山《むらやま》先生が子どもたちを連れて、階段を降りてきた。二年生のクラスは、七人と少ない。そこで、村山先生に一年生の子らを託して、小栗君を高台にある整形外科病院までおぶって診てもらいに行くことにした。

高台まで登って、町を見下ろすと言葉を失った。

町が「海」になっていたのだ。

「地震があっても大きな津波は来ない」という言い伝えを信じて、みんなが油断をしていた。ところが、想定外の大きな「海」が押し寄せたのだ。

多くの子どもたちが、「海」に運ばれてしまったことを知るのは、その少しあとのことだった。もしも自分が引率《いんそつ》していたらどうなっていただろう。自分も、「海」にさらわれていたのだろうか。それとも……もしかしたら子どもたちを救うことができたのではないか。大船先生は、後悔の念に苛《さいな》まれた。そして、悲しみに暮れて泣き明かしたという。

その悲しみに、さらに覆《おお》い被《かぶ》せるようにして、辛い現実を突きつけられた。自身の母親と、そして幼稚園に通う娘も、「海」に奪われたことを知らされたのだ。

信じたくはなかった。

諦めきれず、妻と共に避難所を回り、母親と娘の行方を探し歩いた。

大船先生の話が途切れた。

あきらかに顔色が良くない。

「コホンッ……。三年以上も過ぎた頃だったべが。ふと、あるごどがきっかけで、『あの日』にみんなに書いてもらった作文のごどを思い出したんですよ。家のあちこちを探すたら、汚れたカバンの中から見つかったんです。乾いだ土で汚れだまんまビニール袋に入れで、押入《おすい》れの奥《おぐ》に仕舞ってたんです。私《わたす》は、亡ぐなった子の親御さんだぢに、その作文を届けようど思いますた。かなりの親御さんたちが、子どもさんの形見《かだみ》一つ持っていねえがらです。もすも親御さんが亡ぐなってだら、兄弟やお爺ちゃん、お婆ちゃん、あるいはイトコでもいいがらど思ってね……」

もも吉がコップに水を注ぎ足して言う。

「それは良いことをされましたなぁ」

「はぁ。んだども、それは簡単なごとではねがったです。親戚をたどって移住したり、心機一転、都会さ出た方《がた》もいっぱいいましたがら。五人だけはどうすても身内が見つからないまんま、家族探しを止《や》めてすまったのです」

奈々江は、未久の作文を読みたいと思った。

こんなにも、亡くなった子どもたちのことを思っていてくれるなんて、きっと大船先生の教え子たちは、幸せだったに違いない。

「ところが……もう作文のごどなんか忘れかけでだ、ついこの前のことなんだども、病院の待合室で、そばに居だ看護師さんと年配の女性のこんな会話が耳に入ったんだぁ。『奈々江ちゃん、舞妓さんになったんだそうだでば〜』と。未久ちゃんのお姉ちゃんが、舞妓さなるため京都さ行ったという噂話を聞いでいますた。『舞妓』と聞いて、『失礼だども……』と尋ねてみだんです。これをご縁と言うがぁ、奇跡と言うんだべが。未久ちゃんと、奈々江さんの遠縁の叔母さんにあたる方《かだ》だったんですよぉ」

奈々江は、メモ帖に走り書きした。

早く伝えたくて、少し乱れた文字になってしまった。

大船先生、未久の作文を読ませてください

大船先生は、小さく頷き、二つ折りにした作文を奈々江に渡してくれた。それは、かなり茶色に変色していたが、破れたり波打ったりはしていなかった。

奈々江は、作文を広げた。

とはいうものの、読む勇気がなくて、目をそらしてしまった。なぜなら……「あの日」の朝、未久とケンカをしたことが蘇《よみがえ》ってしまったからだ。きっと、奈々江の悪口が書いてあるに違いない。そうに違いないのだ。

気付くと、また作文を二つ折りにしてしまった。美都子が、奈々江の背中にそっと手を置く。

「奈々江ちゃん、無理せんでもええんやよ。もしよかったら、うちが代わりに声出して、読んであげよか」

「それがええ」

と、もも吉が頷いた。

奈々江は、

お願いします

と書いて答えた。美都子に作文を手渡す。美都子が、深呼吸して言う。

「ええね、読むよ」

私のおねえちゃん

おねえちゃんに、いつもちゅういされます。でも、わるいのは私です。それなのに、私はいつも、おねえちゃんにものをなげつけたりしておこります。おかあさんがいいます。おねえちゃんが未久ちゃんのことをちゅういするのは、未久ちゃんのためだよと。でも、ちゅういされると、ムカムカしてはらが立ちます。けさ、学校へくるときにも、きょうかしょとかのよういができていなくて、ちゅういされました。ほんとうに未久はだめな子です。

　きょねんのみくのたんじょう日に、おねえちゃんはミッキーのカチューシャをくれました。おねえちゃんのたんじょう日に、プレゼントをするためにちょきんをはじめました。でももらったおこづかいをすぐつかってしまうので、なかなかたまりません。それでも、いつも未久のめんどうをみてくれているおれいに、おねえちゃんのすきなカラーペンのセットをプレゼントしたいとおもいます。

　それから、きょう、うちにかえったら、けさはごめんなさいって、あやまろうとおもいます。はずかしくて、いえないかもしれません。でも、がんばってあやまります。だって、おねえちゃんが大すきだから。


「未久ちゃん、未久ちゃん……」

「奈々江ちゃん、奈々江ちゃん！」

　奈々江は美都子に呼ばれて、ハッとした。すぐそばに、目の前に、未久がいるような気がしたのだ。美都子が、読み終えた作文を渡してくれた。その上に、ポツリと一つ、涙が落ちた。

「ごめんね、未久ちゃん……ごめんね、ごめんね」

二つ、三つ……どんどん涙があふれてくる。

「わたしが悪かったの。イライラせず、怒ったりしないでもっとやさしく言ってあげたらよかったの……会いたい、会いたい。未久ちゃんに会いたい！」

「奈々江ちゃん！」

美都子が、大声で呼ぶ。ペンを取って、奈々江がメモ帖に「未久に会いたい」と書こうとすると、美都子に肩を強く抱かれた。

「奈々江ちゃん、あんた声が……声が出てるやないの」

「え？」

もも吉が、奈々江の両手をギュッと握った。

「しゃべれてるえ」

「ほんまや、ほんまや、うち声が出る！」

奈々江は、両手を喉に当てて、「あ〜」と言ってみる。

隠源と隠善が揃って、

「よかったなぁ〜」

「よかったよかった！」

と、声を上げて喜んでくれた。

奈々江は、辛かった。

ずっと、ずっと辛かった。

きっと、未久は、奈々江のことを憎んだままで死んでしまったに違いないと思い込んでいた。それがトラウマになっていた。でも、そうではなかったのだ。

ずっと、喉の奥の方につかえていた、固まりのようなものがスーッと消えて無くなったような気がした。

「ごめんね、ごめんね、未久ちゃん。お姉ちゃんも、未久ちゃんが大好きだよ」


茂市は、流れ出す涙を抑えることができない。

よかった、
よかった。

幾度も迷いはしたが、ここへ来てよかった。

「ほんじゃあそろそろ、私《わたす》は失礼いだすます。奈々江さんに言葉《ことば》が戻って、本当に良《い》がったです」

そう言い、立ち上がると、

「待っとくれやす」

と、もも吉に呼び留められた。答える間もなく、問われた。

「あんさん、失礼ながら、どこかお身体がお悪いんと違いますやろか」

「え？」

茂市が戸惑っていると、もも吉がさらに言う。

「高倉先生が退院する前に、いろいろ検査しようて言うたら、『わかってる、何もしなくていい』て言わはったそうどすなぁ。さっきも、あんたはんの話聞いてて、どっか引っかかりましたんや。『あることがきっかけで』作文のことを思い出さはったて……。そのあること言うんは、なんなんどす？」

茂市は、胸の奥底に隠していたことを見抜かれて、言葉を失った。昨日までなら、きっと「さあ、何のこったべね？」とトボけてしまったに違いない。しかし、奈々江のこぼす涙を見て、心が透き通るほど素直になっていた。

「もも吉さん、すっかりお見通しだね――」

茂市は、もも吉の瞳を見つめた。そして、嘘《うそ》はつけないと観念した。

「実は、『あの日』から三年目の夏、定期健診で肺さ影があると言われたんです。精密検査すてもらったら、がんでした。もすかすて、両親と娘のとこさ行けるかもすんね～とも思いました。でも、妻に励まされたんです。『私《わたす》のために生ぎてけろ。

あんたまでこの世がら居なぐなったら、私《わたす》は生ぎていけないもの』と。私《わたす》は、妻のためさ生ぎだいと思いますた。その強い思いがあったので、たいへんな治療にも耐えることができだど思います」

もも吉は、まっすぐに茂市を見つめて言う。

「それはたいへんなことどしたなぁ」

茂市は、話を続けた。

「治療後、学校《ガッコ》さ戻った時、ふと『あの日』の子どもだぢの顔が浮かんだのです。と同時に、『あの日』に書いでもらった作文のこどを思い出したんですよ。たぶん、私《わたす》自身が、『死』というものを間近に感じたせいではねえがと思います」

「そうどしたか。よう話してくださいました」

茂市は、大きく息を吸って言った。

「ところが……ついこの前、そのがんが再発していることがわがりますて」

「再発やて？」

「はぁ、今回はかなり広い範囲に影があって、大きな手術が必要になるそうです。しかし、私《わたす》自身、以前と状況が変わっていますた。一昨年、妻もまたがんになりますて、アッという間に亡ぐなってすまったんです。以前は、妻のためさ生ぎようと思ったのに、その妻はもういません。一人、孤独になってすまいますた。私《わたす》は一人なんです。どうすても生ぎねばなんねぇという理由が、私《わたす》にはもう無《ね》ぇんです。奈々江ちゃんの居所がわがったのは、おそらぐ神様の思し召しだど思います。これは、私《わたす》のこの世での最後の仕事さ違いないと思い、こうすて京都まで伺ったわげです」

その時だった。

もも吉が、裾の乱れを整え、一つ溜息《ためいき》をついた。そして、背筋がスーッと伸びる。帯から扇を抜いたかと思うと、小膝をポンッと打った。ほんの小さな動作だったが、まるで歌舞伎役者が見得《みえ》を切るように見えた。

「あんさん、間違《まちご》うてます」

「……」

店は静けさに包まれた。

「一人や一人や言うてますけど、あんさんは一人やあらしまへん」

「……」

淋《さび》しさと孤独に耐えてきた自分のことを、他人がわかろうはずがない。茂市が言い返そうと口を開きかけたところで、奈々江が叫ぶように言った。

「先生！　たのむがら、生ぎででけらっせ！」

「え？」

「先生、うちかて家族は一人もいてまへん。そやけど、この祇園ではみんなが家族なんどす。そやからうちは、淋しいて思うたことは一度もあらしまへん。ようメソメソはします。そやけど、みんなが見ていてくれるから死のうなんて思うたりしまへん。お願い、お願い、お願いや……そんなこと言わんといておくれやす」

　奈々江は、再び眼を腫《は》らして涙ぐんでいる。

　茂市は、答えることができなかった。祇園という知らない所で、一人孤独に耐えて頑張ってきた少女の言葉に胸を打たれた。自分が恥ずかしいとさえ思った。

「先生！　死なないでけらっせ‼」

　奈々江の力強い言葉に、心が震えてくるのを感じた。もも吉が言う。

「先生は、未久ちゃんの先生や。未久ちゃんは奈々江ちゃんの妹や。ここにいる美都子も隠源さん、隠善さんも、うちも、みんな奈々江ちゃんの家族や。みんなみんな繋がっている家族や。そやから先生も、今日からうちらの家族や。一人やない、一人やないんやで」

　隠源が言う。

「そうやそうや、いつでも辛《つろ》うなったら、もも吉庵に来たらよろし。うちの寺でも大歓迎や。自分の家やと思うて泊まりに来たらええ」

　奈々江が、もも吉に続けた。

「それに、それに……夏休みが明けたら、先生と会うのを小学校の子らも楽しみにしているはずやて思います。先生は、一人やない、一人やないです」

「奈々江さん……」

茂市は、言葉に詰まった。奈々江の言葉で、今担任している子たちの顔が、一人ひとり思い浮かんだのだ。

蓮《れん》、結衣《ゆい》、陽菜《ひな》、颯太《ふうた》、大翔《つばさ》……大和《やまと》、湊《そう》、心愛《ここな》、美桜《みお》……。

茂市は思った。そうだ、私は一人じゃないんだ。

それにしても、奈々江は素晴らしい人たちに囲まれて、なんという幸せなことだろう。この場に居合わせられたことに、心から感謝した。

「とても恥ずかしいです。帰ったら、手術を受けようど思います。今、担任している二年生の子どもだぢが卒業するのを絶対に、見でやろうど思います」

もも吉が、にっこり微笑んで言う。

「何小さいこと言うてはるんどすか、先生。もっと欲張りなはれ。百まで生きたらどないや」

「はいっ！　百歳まで生ぎます」

「そうやそうや、病は気からや」

美都子が、急に声を上げた。

「うち、ええこと思いついた！」

みんなが美都子に注目する。

「大船先生の病気平癒を願掛けしに、もういっぺん『お山巡り』せえへん？」

奈々江が、

「うちが声が出るようになったんは、みなさんが願掛けしてくれはったおかげどす。今度は、大船先生のためにうちも一緒にお参りさせとくれやす。お札参りもせんとあかんし」

と申し出た。もも吉と隠善が、声を合わせるようにして、

「行きまひょ」

「それはええ」

と言うと、隠源が頭を抱えて唸《うな》った。

「もう勘弁や、勘弁してくれ〜」

もも吉庵は、笑いの渦《うず》になった。

なぜみんなが笑っているのか、茂市にはわからなかったが、隠源のいかにも困り切った表情を見て、その笑いの輪の中に引き込まれて一緒に笑った。

茂市は、なんだか不思議な気がした。もも吉庵の人たちと家族になれたように思えるのだ。

茂市は誓った。

どんなに治療が辛くても、必ずここへ帰って来ようと。

巻末特別インタビュー

著者・志賀内泰弘がもも吉お母さんに祇園のパワースポットを尋《たず》ねる

京都を訪ねて、ここを素通りするわけにはいかない。もも吉庵《あん》へご挨拶《あいさつ》だけでもと祇園へ足を向けて気付いた。朝、慌《あわ》てて新幹線に飛び乗ったので、もも吉お母さんへの手土産《てみやげ》を忘れてしまったのだ。しかし、金平糖《こんぺいとう》の老舗《しにせ》「緑寿庵清水《りょくじゅあんしみず》」さんが祇園へ出店されたことを思い出し、定番の蜜柑《みかん》の味などの金平糖をいくつか求めて、「もも吉庵」へと向かった。

上がり框《がまち》で靴を脱ぎ、襖《ふすま》を開けるとカウンターには美都子《みつこ》、隠源《いんげん》、隠善《いんぜん》といつもの顔ぶれも揃《そろ》っていた。

「みなさん、こんにちは」

もも吉に尋ねられた。

「おこしやす、志賀内さん。今日も取材どすか？」

「いえ、実はおかげさまで『京都祇園もも吉庵のあまから帖』の6巻が発売になるので、八坂《やさか》さんにお参りに来たんです。『どうか大勢の方に喜んでいただけますように』って」

　すると、隠源が言う。

「志賀内さんも、すっかり京都に馴染《なじ》まはったなぁ。最初にここで会《お》うた時には、八坂さんのこと八坂神社て言うてはったさかいになぁ」

　京都の人は、清水寺《きよみずでら》を「清水さん」、伏見稲荷大社《ふしみいなりたいしゃ》を「お稲荷さん」と「さん」付けで呼ぶ。それだけではない。普段口にする食べ物も「お粥《かい》さん」「お揚げさん」などと言うのだ。美都子が、

「なんというても八坂さんは京都でも有名なパワースポットどす。志賀内さん、きっと増刷、間違いなしや思いますえ」

　と太鼓判《たいこばん》を押してくれた。

「ありがとうございます。そう願っております。……そう言えば、この前、読者の方からお手紙で、『巻末のコーナーで祇園のパワースポットを紹介してください』って要望をいただいたんです。もも吉お母さん、改めて教えていただけませんか？」

　お茶を淹《い》れていたもも吉が手を止めて、微笑《ほほえ》んで言う。

「そうどすなぁ。パワースポットなんて横文字の言い方はしまへんけど、運気が上

がるところはいくつもありますえ」

「それそれ、ぜひ教えてください」

「たぶん、『京都祇園もも吉庵』シリーズを最初から読んではるお方は、みなさんご存じのところばかりや思いますけど……」

そう言い、もも吉は指を折りながら、語り始めた。

「まずは一つ目。なんと言うても建仁寺《けんにんじ》さんやなぁ」

「そうや、その通り。特にうちの寺、満福院《まんぷくいん》や」

そう隠源が胸を張るのを無視して、もも吉が話を続ける。

「建仁寺さんの本坊《ほんぼう》に上がると、誰でも一度は本やテレビで見た記憶のある風神雷《ふうじんらい》神図屏風《じんずびょうぶ》があります。江戸時代のもっとも有名な画家の一人で、琳派《りんぱ》の祖と呼ばれる俵屋宗達《たわらやそうたつ》の作どす。実はこれは複製品で、本物は京都国立博物館に保管されてます。ところがこれが、最新デジタル技術と京都伝統工芸の匠《たくみ》の技《わざ》を融合《ゆうごう》した高《こう》精細《せいさい》複製品で、本物と見紛《みまが》うほど素晴らしいんどす。うちは、この屏風の前に座ると、なんや風神さんが吹かさはる風がビューッて身体《からだ》に吹き付けられたかと思うと、今度は雷神さんが鳴らさはる太鼓の音がドンドンッて聞こえてくるような気がして、嫌なことも辛《つら》いこともみ〜んなどこかへ行ってしまいますんや」

「ほほう、まさしく風と雷の神様のご利益《りやく》ですね」

「ダウン症の書家の金澤翔子《かなざわしょうこ》さんの風神雷神の書もあるんどす。この構図が見事なまでに俵屋宗達の風神雷神図によう似てる。金澤翔子さんは一度もそれを見たことがないのに、同じ構図の書を書かはったそうなんや。墨の文字やいうのに風神と雷神が天を飛翔《ひしょう》しているかのように躍動的に見えるんどす。そういう不思議なエピソードを聞いた上で見ると、よけいに運気も上がりますえ」

隠源が口をはさむ。

「建仁寺を出たら『ぎおん徳屋《とくや》』さんの前を素通りはでけへんなぁ。『本わらびもち』は、とろける口あたりにほっぺたが落ちてしまうわ」

美都子も声を上げた。

「黒蜜《くろみつ》ときな粉の両方で食べられるんがうれしおす。いつも行列ができてるけど、長いこと並んでも食べたいいう気持ち、ようわかるわ」

もも吉が横道にそれた話を戻す。

「二つ目は、有楽稲荷大明神《うらくいなりだいみょうじん》や。なんべんも『京都祇園もも吉庵』シリーズの重要な場面に出てくるさかい、読者のみなさんにはお馴染みや思いますが、織田信長《おだのぶなが》の弟の織田有楽斎《うらくさい》を祀《まつ》った神社どす。千利休《せんのりきゅう》のお弟子さんの中でも『利休十哲《じってつ》』に数えられるまでになって武家茶道『有楽流』を立てはったお人どす。せやから、芸事の上達にご利益がある他、商《あきな》い繁盛のお稲荷さんとして花街《かがい》の信仰を集めてます。小さな小さなお社《やしろ》やのに、一歩、鳥居《とりい》をくぐるとスーッと地面から霊気《れいき》が湧き上がってくるのを感じますんや。こういうのを霊験《れいげん》あらたか言《ゆ》うんでっしゃろなぁ」

ここでまた隠源が口をはさむ。

「有楽稲荷さんでお参りしはったら、ぜひ『Café 富月《ふうげつ》』さんで甘いもん食べてもらいたいもんや」

これを受けて、美都子が説明してくれる。

「お母さんの仲良しの方のお店どす。もも吉庵と同じように元はお茶屋してはったんやけど、今は夜、会員制のバーに衣替えして一見《いちげん》さんは入ることがでけしまへん。そやけど、昼間のカフェはどなたでも利用できます。名物は『お豆腐《とうふ》白玉《しらたま》御膳《ぜん》』。ピンクや青、黄色など六種類の色とりどりの白玉を、豆乳ホイップやあずきやらを付けていただけるんどす。今流行《はや》りのSNSに写真を載《の》せるお人の間でも大人気やそうですえ」

もも吉が眉《まゆ》をひそめて言う。

「隠源和尚のせいで、横道ばかりそれてしまいますなぁ」

「横道やない。甘いもん食べるのも心の癒《いや》しになる。わては読者のみなさんにサービスしよう思うただけや」

「たしかに甘いもんは、幸せを運んで来てくれます。そやけどあんた、また血糖値《けっとうち》上がって院長センセに叱られますえ」

「まあまあ、お二人とも……。もも吉お母さん、続きをお願いします」

「そうどした、パワースポットの話やった。志賀内さん、お寺や神社でなくてもええやろか？」

「というと？」

「うちは昔から、小路《こうじ》が大好きどした。京都の町を歩いていると『おや？　こんなところに』と、細い細い道を見つけたりします。そん中でも幼い頃から一番に好きやったのが『小袖小路《こそで》』どす。傘《かさ》さして人がすれ違うのが精一杯や。お茶屋や屋形《やかた》が連なるL字型の石畳《いしだたみ》の路地《ろうじ》なんどすが、花見《はなみ》小路がどんなに観光客で賑《にぎ》わっていても、ふっと角を曲がった瞬間に喧騒《けんそう》が消えてしまうんどす」

美都子が、

「ほんま、『小袖小路』は不思議なパワーがある気がします」

と頷《うなず》く。もも吉が話を続けた。

「うちには幼い頃からジンクスがあるんどす」

「え、ジンクスって？」

「『小袖小路』を通り抜けるほんの一分ほどのことなんやけど、その途中で誰ともすれ違わなければ、ええことが起きるんどす」

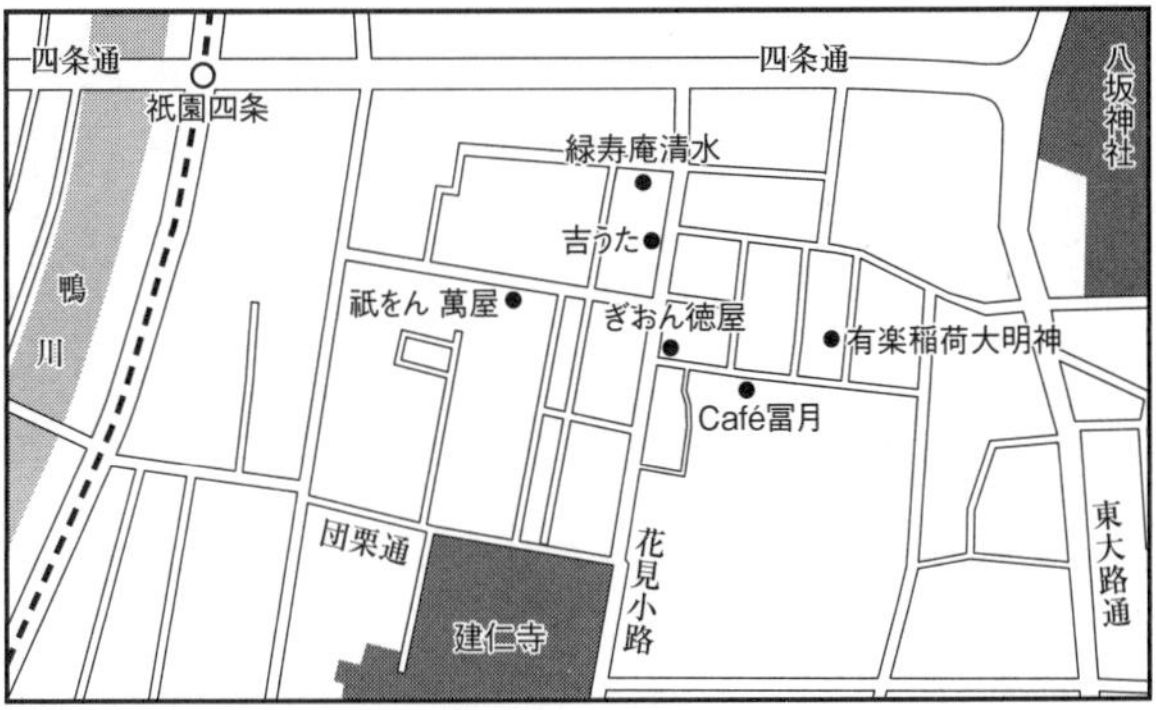

隠源が、興味深そうな顔をして尋ねた。

「へえ～知らんかったわ。それでどんなええことがあったんや」

「そんなん教えられますかいな。内緒《ないしょ》や。そやけど、なんや『小袖小路』にはパワーが湧いているように感じますえ」

隠善が言う。

「そういえば、たしかお茶屋の『吉《よし》うた』のお母さんが、通りに名前が付いてないことを知って、『小袖小路』と名付けはったて聞きました」

もも吉が、

「高安《たかやす》美《み》三《み》子《こ》さんやね。洒落《しゃれ》た名前やなぁ～て感心してます」

「それで、その『小袖小路』はどこにあるんですか？」

「それも内緒にしときまひょ。とは言うてもインターネットの時代や。スマホで検索したらすぐにわかる思います。そやけど、地面に標識が埋め込んでありますさかい、車や人に注意しながら祇園の街をぶらぶら歩いて探さはるのも一興や思いますえ」

「なるほど、それも楽しそうですね」

ここで、またまた隠源が声を上げた。

「甘味処もええけど、ちょっと小腹が空《す》いた時のお店も、志賀内さんに教えとこか。『祇をん 萬屋《よろずや》』さんのおうどんや。一番有名なんが『ねぎうどん』。京都名産の九条《くじょう》ネギが、おうどんが見えへんほどびっしり上に載ってるんや。お出汁《だし》がようきいてて、あ〜たまらん。食べとうなったわ」

美都子が、

「うちは萬屋さんの『ねぎあんかけ』が好きや」

と言うと、隠善が、

「僕もや。なんであんかけいうんは、あないに美味《おい》しいんやろなぁ」

と目を閉じて、思い出すかのように言った。

もも吉は三人のグルメ談義に呆《あき》れつつも、

「なんやお腹空いてきましたわ。これからみんなで『祇をん 萬屋』さん行きまひょか？」と提案した。

「いいですねぇ」

「そうしましょう」

「賛成！」

「行こ、行こ」

やっぱり、美味しいもんを食べさせてくれるお店が、一番のパワースポットなのかもしれない。全員が、まるで息を合わせたかのように立ち上がった。


もも吉庵と満福院以外は、実在のお店や寺社です。

ぜひ、本書を手にぶらりとお訪ねください。（著者より）

著者紹介
志賀内泰弘（しがない　やすひろ）

作家。

世の中を思いやりでいっぱいにする「プチ紳士・プチ淑女を探せ！」運動代表。月刊紙「プチ紳士からの手紙」編集長も務める。

人のご縁の大切さを後進に導く「志賀内人脈塾」主宰。

思わず人に話したくなる感動的な「ちょっといい話」を新聞・雑誌・Ｗｅｂなどでほぼ毎日連載中。その数は数千におよぶ。

ハートウォーミングな「泣ける」小説のファンは多く、「元気が出た」という便りはひきもきらない。

ＴＶ・ラジオドラマ化多数。

著書『5分で涙があふれて止まらないお話　七転び八起きの人びと』（PHP研究所）は、全国多数の有名私立中学の入試問題に採用。

他に『№1トヨタの心づかい　レクサス星が丘の流儀』『№1トヨタのおもてなし　レクサス星が丘の奇跡』『なぜ、あの人の周りに人が集まるのか？』（以上、PHP研究所）、『眠る前5分で読める　心がスーッと軽くなるいい話』（イースト・プレス）、『365日の親孝行』（リベラル社）、「京都祇園もも吉庵のあまから帖」シリーズ（PHP文芸文庫）などがある。


目次、登場人物紹介、扉デザイン——小川恵子（瀬戸内デザイン）

本書は、『PHP増刊号』（2022年9～11月号）、に掲載された「京都祇園もも吉庵のあまから帖」に大幅な加筆をおこない、書き下ろし「雷も 風も微笑む祇園祭」「炎天に 願いを掛ける稲荷山」を加え書籍化したものです。

ＰＨＰ文芸文庫　京都祇園もも吉庵のあまから帖6

2023年1月24日　第1版第1刷
2023年2月15日　第1版第2刷

著　者　志賀内泰弘
発行者　永田貴之
発行所　株式会社ＰＨＰ研究所
東京本部　〒135-8137 江東区豊洲5-6-52
文化事業部　☎03-3520-9620(編集)
普及部　☎03-3520-9630(販売)
京都本部　〒601-8411 京都市南区西九条北ノ内町11

PHP INTERFACE　https://www.php.co.jp/

組　版　有限会社エヴリ・シンク
印刷所　図書印刷株式会社
製本所　東京美術紙工協業組合

ISBN978-4-569-90278-4

PHP文芸文庫

京都祇園もも吉庵のあまから帖1〜5

志賀内泰弘 著

京都祇園には、元芸妓の女将が営む「一見さんお断り」の甘味処があるという——。ときにほろ苦くも心あたたまる、感動の連作短編集。